桜島麻衣
完全復帰を果たした国民的女優。
恋人である咲太と同じ大学に通っている。
ますます忙しくなる仕事の中でも、
咲太と過ごす時間を大切にしている。

「いいな、美人の恋人。わたしもほしい」

美東美織

咲太と同じ講義をとっている、
スマホを持たない美人女子大生。
物怖じしない性格で、咲太の自称友達候補。

「僕の麻衣さんはあげないぞ」
「いいな」
梓川咲太
相変わらずスマホを持っていない、
少し変わり者の大学1年生。
晴れて麻衣さんと同じ大学に入学し、
穏やかな日々を過ごしている。

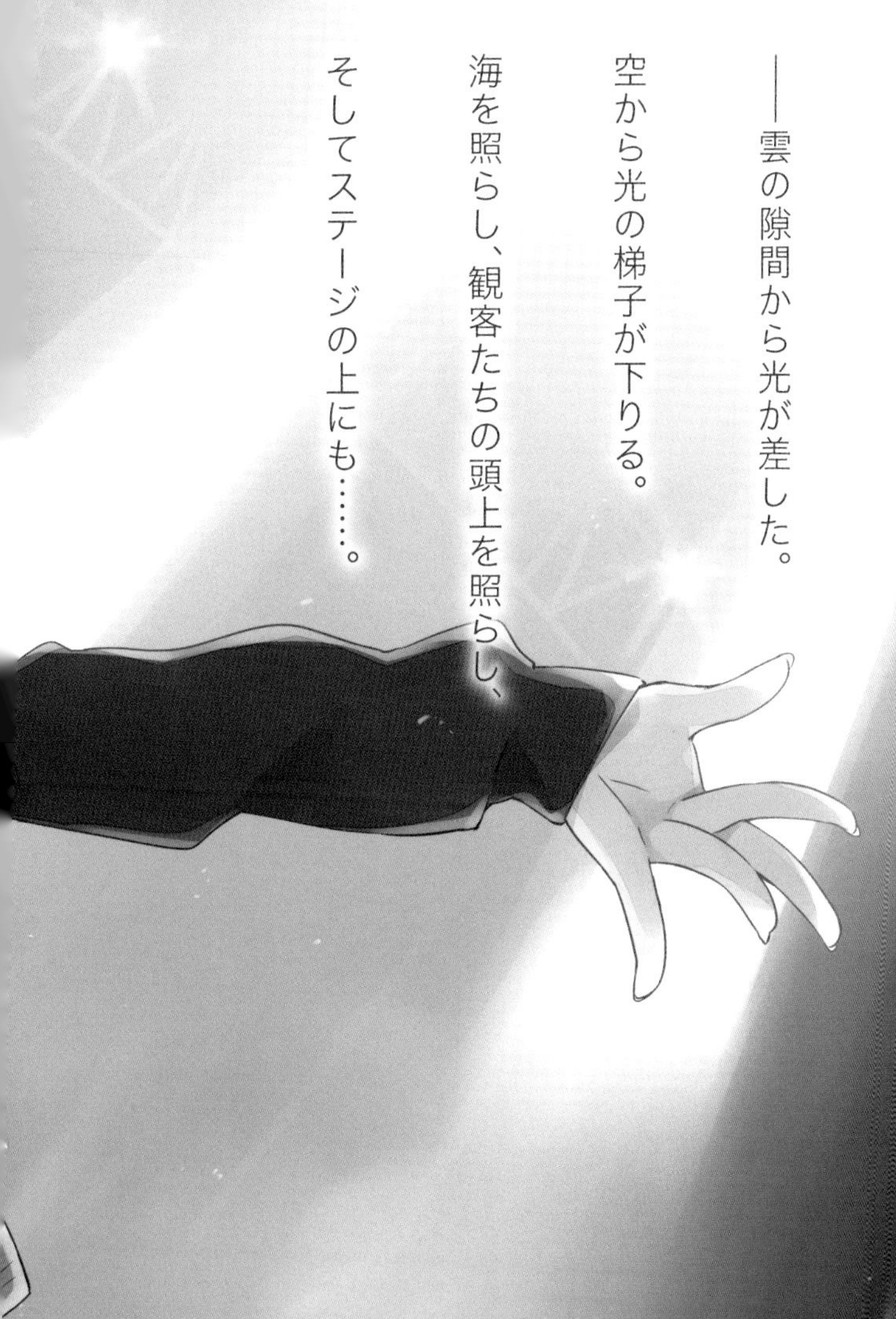
――雲の隙間から光が差した。
空から光の梯子が下りる。
海を照らし、観客たちの頭上を照らし、
そしてステージの上にも……。

広川卯月
黙っていれば綺麗なのに、
話すとド天然な『スイートパレット』のセンター。
のどかに感化されて大学に進学したが……。

デザイン● 木村デザイン・ラボ

青春ブタ野郎は迷えるシンガーの夢を見ない

鴨志田 一

イラスト●溝口ケージ

どこからどこまでが僕なんだ
ねえ、教えてよ
誰かの声、耳の奥に響いて
境界線は溶けて消えた
ひとつに混ざったみんなに僕はなる
いけないことなの、ねえ

霧島透子『Social World』より

第一章　思春期は終わらない

1

その日、梓川咲太は『二時間飲み放題、千二百円』の店で、ウーロン茶をあと何杯飲めば元が取れるのかを考えていた。

三杯目のグラスが空になったので、

「あ、ウーロン茶ください」

と、通りかかった店員のお姉さんに声をかける。咲太のオーダーに便乗する形で、「ビールも」、「あとハイボール！」、「私、レモンサワー」、「レモンサワーもうひとつ！」、「ウーロンハイをふたつで」と、周囲のテーブルからも注文が続いた。

「はーい、ただいま！」

店員のお姉さんは、笑顔で答えて厨房の方へと消えていく。

待っている間、グラスに残った氷を咲太は口の中に入れた。それが溶け終わる前に、店員のお姉さんは大量のグラスとジョッキを器用に持って戻ってくる。

「はい、ウーロン茶」

テーブルの上に、ストローの挿さったグラスがとんっと置かれた。それをまずは一口。ほんのり苦いウーロン茶の味。近所のスーパーで売られているのと変わらない味だ。

二リットルのペットボトルが、店頭価格で二百円くらい。千二百円あれば、十二リットルも買える計算になる。

二時間でその量を飲むのは、罰ゲームとしてもあり得ない。もはや拷問だ。元を取ろうなんて考えは捨てた方が長生きできる。

そんなことを思っていると、

「ここ、いいですか？」

と、突然声をかけられた。

グラスから顔を上げると、座敷のテーブルを挟んだ正面に、ひとりの女子学生が立っていた。ウエスト部分をリボン風のベルトで絞ったロング丈のワンピース。その上に、袖をまくったミリタリー風のジャケットを羽織っている。

控え目に明るくした髪は、緩くまとめたハーフアップのお団子で、全体的な印象は甘くなり過ぎずカジュアルにまとまっている。

ただ、体の線は細くて華奢だ。微笑んでいるのに、どこか困ったような表情に見えるのは、左目の下にある泣きぼくろのせいだろうか。

「どちらかと言うと、よくないです」

聞かれたことに、咲太は思ったままを返した。

「……」

泣きぼくろの女子は、咲太から目を逸らすことなく、無言で瞬きを繰り返している。まさか、断られるとは思っていなかったのだろう。

「どうして、ですか？」

三秒ほど遅れて疑問を口にした彼女は、スカートがしわにならないように少し気にしながら、咲太の正面に座ってしまう。やんわり断ったはずなのに……。

中身が半分ほど残ったグラスもテーブルの上に置かれた。氷が溶けてだいぶ汗をかいている。新しい取り皿も用意して、居座る気満々だ。

「そりゃあ、斜め後ろの席からの視線が痛いんで」

わざわざ振り返って確認しなくてもわかる。彼女が先ほどまで座っていたテーブルには、彼女の友達らしきショートヘアの女子がひとりと、男子が三人いるはずだ。スマホを出し合って「これ、俺のＩＤ」とかやり取りしているのが、ウーロン茶を頼んだ際に見えた。

「なんか、ＩＤの交換はじまりそうで」

だから、このテーブルに逃げてきたと言いたいらしい。

「嫌なら断ればいいんじゃないですか？」

「普通、そうなんだけど……」

咲太の助言に、泣きぼくろの女子は困った顔をする。いや、元々そういう顔立ちをしているだけで、本当は全然困っていないのかもしれない。

「普通じゃない理由があるんですか？」

「……わたし、スマホ持ってないから」

少しだけ間を置いて、そんな理由が返ってきた。

「今時、珍しいな」

「だから、信じてもらえない」

本当なのに本当だと思ってもらえない。下手な嘘をついて断っていると思われる。ちゃんとわかってもらうためには、持っていない理由を話さないといけない。それはそれで面倒だと、彼女は困った眉で教えてくれた。

「スマホ、むしゃくしゃして海に投げ捨てたのか？」

「そんなことする人いるの？」

世の中にはいるのだが、思いっきり笑われたので名乗り出るのはやめておこう。

「でも、スマホなしで、普段、どうやって生きてるんだ？」

「スマホがないと、人って死ぬの？」

「らしいぞ。僕の知り合いの女子高生が言うには」

「……女子高生？」

どういうわけか、彼女の目には軽蔑の色が混ざっている。大学生になると、女子高生の知り合いがいてはいけないのだろうか。

「高校の後輩だった女子高生」

おかしな誤解が生じる前に、追加の情報を伝えておく。

「なら、セーフかな。じゃあ、乾杯」

何が、「じゃあ」なのかはわからないが、彼女が差し出してきたグラスに、咲太はこつんと自分のグラスをぶつけた。お互いに、ストローで一口ずつ飲む。

「なに飲んでるの？」

「ウーロン茶」

「わたしも」

「そうですか」

「これ、何杯飲んだら元取れるんだろう？」

「十二リットルくらいだって、誰かが計算してたな」

「それ、絶対飲めないね」

「そうですね」

なんて中身のない会話だろうか。これなら、今日の天気の話でもした方が、まだ建設的な気がする。

このまま名前も知らない女子と、空っぽの話を続けるのも虚しいので、咲太は今日の集まりの趣旨に則り、自己紹介をすることにした。

「統計科学学部の一年、梓川咲太です」

「なんで、いきなり？」

笑いながら、彼女が枝豆を口に運ぶ。「豆、うまっ」と呟いて、ウーロン茶をまた一口飲んでいる。グラスを持つ手も、ストローを挟む指も、咥える唇も……仕草のひとつひとつが妙に女子っぽい。男子に囲まれるのもわかる気がする。単純に男子目線で、なんかかわいいのだ。斜め後ろのテーブルの男子たちが、連絡先を交換したがっていた気持ちもわからないでもない。

そうした仕草に加えて、泣きぼくろが作る困った表情が、放っておけない衝動を刺激してくる。一目惚れさせる魔力のようなものが、彼女にはあるように思えた。

「恥ずかしいから、食べるとこ、あんま見ないでね」

咲太の視線に気づくと、そんなことを言ってくる。けれど、彼女に照れた様子はない。また枝豆を摘んでいた。

「一応、今日って、そういう会なんだろ？」

咲太がテーブルから振り返るようにして見回したのは、四人掛けのテーブルが六つ並んだ居酒屋の掘座敷。座敷全体がちょっとした個室のようになっている。

男子だけのテーブルがひとつ。

女子だけのテーブルもひとつ。

男女で座っているテーブルが四つあって、そのうちのひとつは咲太と彼女のふたりだけ。

座敷を貸切で、笑い声をあげ、手を叩き、スマホを出してＩＤ交換に勤しんでいるのは、咲太と同じ大学に通う学生だ。約二十人。

今日は九月の最終日である三十日。金曜日。

後期は週頭の月曜日からスタートし、ここには基礎ゼミと呼ばれる学部混合の一般教養科目で、同じ講義を選択した面々が集まっている。これから半年間よろしく……という懇親会の名目で、飲み会が行われているのだ。

場所は横浜駅の近く。西口を出て徒歩数分の繁華街にあるチェーンの居酒屋。会費は飲み放題付きで二千七百円。

開始から一時間半が経過した今、咲太がいるテーブル以外はすっかり出来上がっている。時間とともに話し声も、笑い声も、大きくなる一方だ。

折を見て、ひとりずつ自己紹介をしてもらう予定……とか、最初に幹事が言っていたはずだが、今となっては誰もそんなことは覚えていないし、気にもしていない。楽しければなんでもいいという雰囲気だ。

「国際商学部一年、美東美織です」

「どうも」

「ま、梓川君のことは当然知ってたけど」

「僕って有名人だからな」

本当に有名人なのは、咲太がお付き合いしている恋人……国民的知名度と人気を誇る芸能人『桜島麻衣』の方だ。映画、ドラマ、CM、ファッション雑誌のモデルと、多方面のジャンルで活躍している。その上、昨年の下半期は、朝ドラの『おかえり』という作品でヒロインを演じ、デビューが朝ドラだった麻衣にとっては、まさにおかえりという感じの一年だった。この一年間で、存在感はさらに増している。

そんな麻衣と咲太が、彼氏彼女の間柄であることは、噂の次元を通り越して、大学内では周知の事実として受け止められていた。

麻衣も同じ大学に通っているのだから、知れ渡っていて当然。美織が「当然」と言ったのは当然なのだ。

咲太の入学から半年が経過した今となっては、そのネタでいじってくる学生も殆どいない。そもそも、不思議なもので、面と向かって「付き合ってるの？」と聞かれること自体が稀だった。聞かれたのは、両手で数えられる程度。

みんな、気にはなっているのだと思う。だけど、そういうミーハーな振る舞いは、なんかダサい。お互いを牽制し合う空気が、キャンパス内には自然と出来上がっていた。

「いいな、美人の恋人。わたしもほしい」

「僕の麻衣さんはあげないぞ」

「いいな」

美織の目は、羨ましい気持ちを通り越して恨めしそうだ。

「恋人がほしいなら、好きなの選べばいいだろ？　モテるみたいだし」

ちらっと斜め後ろのテーブルを見る。ひとり女子が増えて、今も楽しそうに何かを話していた。ただ、周囲がうるさくて、内容までは聞こえない。

その咲太を、美織は今度こそ恨めしそうに見ていた。「意地悪なこと言うなぁ」と、咲太を批難している。

「そう言えば、梓川君は、なんでひとりだったの？」

「最初からひとりだったわけじゃない」

「それは向こうのテーブルから見えてたので知ってる」

少し前までは、別のテーブルに移動した男子と一緒だった。同じ学科の福山拓海だ。店に入ってからずっと、

「俺も彼女ほしいなぁ」

「だったら、女子と交流してきたら？」

「それは照れる」

「じゃあ、僕が行ってくるかな」

「じゃあ、俺も」

「どうぞ、いってらっしゃい」

「無理だわー」

とか、生産性のない会話を繰り返していたのだが、咲太がトイレに行って戻ってくると、ちゃっかり女子がいるテーブルに紛れ込んでいた。アルコールの力は偉大だと思う。スマホを出してIDの交換にまで漕ぎつけているのだから……。

それを美織に話すと、

「梓川君も他のテーブルに入れてもらえばいいのに」

と、運ばれてきたから揚げをもぐもぐしながら言われた。

から揚げなんて高カロリーなものは食べなさそうな外見なのに、美織は実に美味しそうに、幸せそうに咀嚼している。ごくんと飲み込んだかと思うと、もうひとつに箸を伸ばした。皿に元々載っていたのは四つ。四人分の四つだが、このテーブルには咲太と美織のふたりしかいないので、取り分の計算は合う。全体では、何人かが食べられないことになるわけだが……。

そう思ったのもつかの間、美織は三つ目も箸で摑むと、素知らぬ顔で自分の皿にキープした。

「梓川君、今日、なにしに来たの？」

「主に、飯を食いに」

最後のひとつを取られる前に、咲太もから揚げを箸で摘み上げた。

「他のテーブルは人数多くて、取り分が減るし」

本当は、参加するつもりはなかったのだが、拓海が一緒に行こうとしつこく誘ってきたので、

顔を出すことにしたのだ。

「みんな、飢えてるんだね」

他人事のような美織の目が、積極的に親睦を深めようとする同級生たちに向けられる。

「美東さんは違うわけ？」

高校までとは違って、大学には何年何組という居場所がない。毎日通う自分の教室もなければ、毎日座る自分の席もない。授業はすべて移動教室。来た順番で好きなところに座っていい。中でも一番大きな違いは、クラスメイトが存在しないことだろう。

一応、学科が同じであれば、卒業に必要な必修講義は同じなので、他の学部生よりは顔を合わせる機会は多くなる。それでも、一般教養が中心の一年次においては、必修講義は授業全体の半分程度しかない。毎日ずっと同じ教室に通っていた高校生活と比べたら、周囲との強制的な結びつきは一気に緩くなった。

あの頃は、ひとつの教室内で、人間関係は完結していた。ある種、窮屈だった環境から、ようやく解放されたのだ。

自由が増えた。

その反面、今までは与えられていた『クラス』という居場所はなくなった。

だから、こうして同じ講義を選択した学生同士が集まって、コミュニティに参加して、自分の居場所を自発的に作ろうとしている。とりあえず笑って、必死に交流する。あわよくば、彼

氏とか、彼女とかもできたらいいなと思って大げさに手を叩くのだ。

「実はわたしも飢えてるんです」

言いながら、美織はキープしていたから揚げを口に入れた。

から揚げを頬張りながら懇親会の様子を気にした美織だったが、言葉とは裏腹に何かを求めているようには見えなかった。盛り上がる彼らを、どこか遠くの世界から眺めるようにしている。あたたかくもなければ、冷たくもない眼差し。

飢えていても、飢えていなくても、美織にとってはどちらでもいいのかもしれない。そもそも、自分の発言自体に、美織はたいした意味を求めていないように思える。半分は適当に言っている感じ。

「じゃあ、時間、あと五分なんで、ぼちぼち適当に。あ、二次会、カラオケ予定してるんで、みんな参加してください」

一番奥のテーブルから、幹事の男子学生が両手をメガホンにして語りかける。半分は聞いていて、半分は聞いていない。

「二次会だって。梓川君、行くの？」

「帰るよ。このあとバイトだし」

「今から？　夜のバイト？」

夜というほど、まだ時間は深くない。時刻は午後六時になったばかり。懇親会のスタートが

居酒屋の開店時間である午後四時と、かなり早かったためだ。

「今日は個人指導の塾講師」

「今日は？」

「ファミレスと掛け持ちだから、今日は」

グラスに残っていたウーロン茶を飲み干す。ずずっと空っぽの音が響く。

「生徒は中学生？」

「高校一年」

答えながら咲太は自分のリュックを持って立ち上がった。

「女子高生に色々教えてるんだ。やらしいなぁ」

「教えてるのは数学だし、生徒は男子もいる」

今のところ、咲太が担当しているのは、男子がひとりに、女子がひとりの計ふたり。生徒が講師を指名できるシステムなので、指名を受けない限り生徒は増えない。生徒数と、授業数がバイト代にダイレクトに反映されるため、あとひとりかふたりは受け持ちたいのだが、こればかりは気長に待つしかない。

まだ騒ぎ声が響く座敷を最初に抜け出して靴を履く。隣を見ると、どういうわけか美織もしゃがんでスニーカーの紐を結んでいた。

「二次会、いいのか？」

「カラオケ、苦手で」

困った顔で美織が笑う。今度こそ、本当に困った顔をしているように思えた。でも、思い違いかもしれない。それがわかるほど、まだ咲太は美織のことを知らなかった。

「見つかる前に、帰ろ」

座敷を一度振り返った美織は、「誘われると面倒だから」と少し悪戯っぽく微笑んで、咲太を店から連れ出した。

外に出ると、蒸し暑さが肌にまとわりついてきた。九月も今日で終わるはずだが、最近の夏はなかなか終わってくれない。

今日が金曜なのも手伝ってか、駅の方からは多くの人が繁華街へと流れてきていた。

これから、飲み会があったり、合コンがあったり、デートがあったりするのだろう。

それとは逆に、咲太と美織は帷子川にかかる橋を渡り、混雑を避けるために川沿いを進んだ。美織は歩くのが遅くて、時折小走りになっていたが、「歩くのが速い」と文句を言い出す様子はない。

咲太は少しペースを落とすと、斜め後ろを歩く美織を肩越しに振り向いた。

「友達、置いてきてよかったのか？」

「真奈美？」

「いや、名前は知らないけど」

「平気。むしろ、あれ以上いたら恨まれる」

咲太の隣に並ぶと、美織はため息交じりに言ってきた。

「なるほど、友達の本命に好かれるとか大変だな」

今の説明で伝わるとは思っていなかったのだろう。たぶん、伝えるつもりがないから、美織は言葉を省いて曖昧に言ったのだ。

「今ので、よくわかるね」

横から見上げてくる美織の瞳は、素直に驚いている。

「似たようなことで困ってた女子高生の知り合いがいるんだよ」

友達の本命に告白されて、心底悩んでいた。

「梓川君って、女子高生の知り合いが多いんですね」

急に敬語に戻って、それとなく美織が咲太から離れていく。

「さっき言った女子高生と同一人物だから」

あと半年すれば、女子大生になるはずの女子高生。

「ま、そういうことにしておくね」

「本当だって」

「梓川君はＪＲ？」

若干の誤解が残ったまま、話題を変えられてしまう。必死に食い下がると、それはそれで誤解を広げそうだったので、ここは引き下がった方がいい。

「東海道線で藤沢まで。美東さんは？」

「わたしは大船まで」

自慢げに言われたのは、たぶん、一駅近いから。横浜駅に近いということは、ここから京急線で行く大学にも近いということになる。

大学があるのは、金沢八景駅だ。

「大船は地元？」

質問しながら、なんとなく違うだろうなと感じていた。美織からは大船っぽい雰囲気が漂ってこない。市立の大学なので、市内、県内の出身者が多いせいか、不思議と他の地域から来た人間は、まとっている空気が違って見えるのだ。

「ううん。大学受かって、一人暮らし」

「だったら、もっと近くに部屋借りればよかったのに」

「鎌倉には近いよ」

咲太は、もちろん、大学の近くに……という意味で言ったのだが、なんだか独特な理由が返ってきた。鎌倉は確かにいいところだけれど。麻衣とデートした思い出も残っている。

「梓川君は、藤沢って地元？」

「もう、半分地元って感じだな」

高校三年間を過ごした場所なので、自分でもよそ者という気はしない。むしろ、昔住んでいた横浜市の郊外の方が、今となっては居心地が悪いと感じるのではないだろうか。中学を卒業して以来、一度も行っていないのだから。

大通りに出ると、すぐに最初の信号に捕まった。

「あ、そうだ」

美織がトートバッグから、小さなプラスチックケースを取り出す。振るとしゃかしゃか音を鳴らしたのは、ミントのタブレットだ。まだたくさん入っているのが音でわかる。

美織は三粒ほど自分の口に放り込み、残りを丸ごと咲太にくれた。

「僕の口って、そんなに臭いのか……」

「から揚げ、にんにく使ってた。このあと塾の先生やるんだよね？」

「お気遣いどうも」

咲太も三粒ほど口に入れた。息が涼しくなる。鼻がすーすーした。

「これのお礼と言ったらなんだけどさ」

「なに？」

美織が横目で聞いてくる。

「男子にこういうことしない方がいいと思うぞ」

「どうして？」

「あんまりモテたくないみたいだから」

「大丈夫。梓川君にしかしないから」

「僕、狙われてるのか？」

「安心してるの。だって、絶対わたしのこと好きにならないでしょ。日本で一番かわいい彼女がいるんだし」

「世界で一番かわいい彼女なら、確かにいるな」

咲太の言葉に、美織は吹き出して笑う。「そう来るかー」と、やけに楽しそうだ。

まだ信号は変わらない。

「……」

「……」

会話が途切れたところで、ふたりの目は同時にあるものに向けられた。信号の反対側。ポケットティッシュを配るスーツ姿の女性がいる。年齢は二十代前半。ジャケットは脱いでいるけれど、長い時間ティッシュ配りをしているのか、シャツには汗が滲んでいる。前髪も、おでこに張り付いていた。今年採用された営業部の新人といったところだろうか。

お願いしますと、ティッシュを熱心に差し出しているが誰も受け取らない。

誰もが素通りしていく。

「ティッシュ配りのバイト、したことある？」

「あれはやったことない」

「誰も受け取らないね」

「そうだな」

「もしかして、あの人……わたしと梓川君にしか見えてないのかも」

美織は普通のトーンで突然そんなことを言ってくる。

「まさか」

「知らない？　思春期症候群って」

「……」

いつ以来だろうか。その言葉を耳にしたのは。だから、一瞬反応できなかった。

「他人から見えなくなったり、未来を先に見たり、ふたりになったり……そういうのが色々あるんだって」

「へえ」

「中学とか、高校で、噂にならなかった？」

信号が青に変わる。

「ま、噂くらいは聞いたかな」

咲太が先に歩き出すと、美織は一歩遅れてついてきた。

「でも、そんなの単なる噂話だろ」

信号を渡ったところで、女性からティッシュを受け取る。

「ありがとうございます」

新築マンションの売り出しを知らせるチラシを一緒に渡される。咲太がマンションを買うようには見えないと思うのだが……。ティッシュ配りに一生懸命になりすぎて、マンションを売るという本来の目的がどこかにいってやしないだろうか。

そんなことを思っていると、咲太とすれ違った男性が女性からティッシュをもらっていた。年齢は五十代くらい。今の人ならターゲットかもしれない。

そのあとも、ティッシュを受け取る人はたくさんいた。

「僕たち以外も、見えてるぞ」

「なーんだ」

退屈そうに美織がもらす。

「そもそも、あのお姉さんは思春期って年でもないだろ」

見た感じで、二十歳は超えている。

「思春期って何歳まで？」

「さあ、それは知らないけど」

個人差もあるだろうし、明確な定義があるわけでもないと思う。二十歳になった瞬間に、

人間が大人になるわけでもない。

「じゃあ、梓川君は思春期？」

「そろそろ、卒業してたいな」

「大学生だしね」

「美東さんは？」

「わたしは……まだ思春期だと思う」

「なんで？」

「彼氏、いたことないから」

「なるほどね」

「うわー、彼女がいる人の上から目線、むかつくわー」

美織が棒読みで文句を言う。そのあとで、「これもらうね」と咲太の手からティッシュを奪って、地下に下りていこうとする。

「改札、逆だぞ」

美織が下りようとしている階段の先にあるのは、数多くの店が並ぶ横浜駅の地下街だ。

「買い物してから帰る。またね」

小さく手を振ると、美織は振り向かずに地下街に下りていった。

「なんと言うか……」

美東美織は摑みどころのない人物だった。人懐っこさはあるし、表情も豊かなのだが、ある一定の距離からは近づいてこない。ここで別れたのも、一緒に駅に向かうと電車が途中まで一緒になってしまうからではないだろうか。考えすぎかもしれないが、そういう雰囲気を持った人物ではあった。

使い道のあるティッシュを奪われ、使い道のないマンションのチラシだけを背中のリュックにしまうと、咲太は駅の中に入った。

そして、JRの改札口を抜けたところで、

「そういや、思春期症候群って久々に聞いたな」

ふとそんなことを思った。

2

横浜駅から乗った東海道線の電車は、帰宅する社会人と学生でそこそこ混雑していた。金曜日で寄り道をする人が多いせいか、この時間にしてはまだ空いている方だ。

咲太は、車両連結部の扉に寄り掛かるようにして居場所を確保すると、個別指導の塾で使うテキストをリュックから取り出した。二五ページ、二次関数の例題に目を通す。生徒に教えるための予習だ。

その間、順調に走り出した電車は、横浜駅周辺の商業地域を抜けて、景色は住宅街に変わっていく。次の駅が近づくと、また背の高い建物が増える。離れると、穏やかな街並みが続いた。その繰り返し。

大学に通いはじめた当初は、海と空と水平線を懐かしく思ったが、半年も経つと電車内での過ごし方にも慣れた。だいたいが今日のように、塾の授業の予習に当てている。

ただ、どうも今日は集中できない。

理由は自覚していた。

先ほどまで参加していた懇親会で出会った美東美織の言葉が原因だ。

——知らない？　思春期症候群って

その言葉を誰かの口から聞いたのは、いつ以来だろうか。

少なくとも、大学に入学してからの半年間は耳にしていない。その前の……高校三年の時は、受験勉強に明け暮れていたので、やはり、耳にすることはなかった。

だから、短く見積もっても、一年半はご無沙汰していたことになる。

他人から認識されなくなる。

未来予想を体験する。

ひとりがふたりに分裂する。

姿が誰かと入れ替わる。

心の痛みが肉体に傷となって現れる。

未来にたどり着く。

可能性の世界に逃げ込む。

そうした思春期症候群に、これまで咲太は触れてきた。

けれど、この一年半は何も起きなかった。

それは歓迎すべきことなので、何も起きないことを気にして、その日数を数えるなんて真似を咲太はしなかったのだ。

気がつけば、いつの間にか、一年半の時間が流れていた。

咲太を乗せた東海道線の電車は、途中、戸塚、大船に停車したあと、定刻通りに藤沢駅に到着した。

改札に向かう人の列に並んで、駅の北口に出る。家電量販店の手前を左に折れると、咲太が講師のバイトをする塾の看板が見えた。テナントビルの五階。

エレベーターで上がり、夜なのに「おはようございます」と、咲太は職員室に声をかけた。

学校の職員室と違って、ドアや壁はない。奥まで丸見えだ。

テーブルがいくつか並んだ生徒たちのフリースペースと職員室を隔てるのは、腰くらいの高さのカウンターだけ。生徒が講師と話しやすいように設計されている。

実際、今もひとりの生徒がカウンター越しに、講師に英作文の質問をしていた。

「おはよう、梓川君。今日もよろしく」

咲太にそう声をかけてきたのは、四十代半ばの塾長だ。何か問題でも起きたのか、困った顔で電話を気にしていた。

特に興味もないので、咲太は軽く会釈だけして、ロッカールームに入った。

『梓川』の名札が付いたロッカーを開ける。白衣とジャケットを足して二で割ったようなデザインの服を出して、着ている服の上から羽織った。これが塾講師の制服なのだ。

リュックから授業で使うテキストを出すと、一応、ミントのタブレットを大量に口に入れてロッカールームを出た。

教室が並んだ奥のフロアに向かう。

ただ、教室と言っても、パーティションで仕切られただけの三畳ぐらいの勉強スペースだ。入口にドアもなければ、壁も天井まで繋がっていない。耳をすませば、隣の話し声は少し聞こえる。

その空間で待っていたのは、男子生徒がひとりに、女子生徒がひとり。真ん中の通路を挟んで、横並びに座っている。大人しく待っていた女子生徒とは対照的に、男子生徒はスマホゲームに夢中だ。わざわざイヤホンをしているので、リズムゲームの類だろうか。

「じゃあ、はじめようか」

「はい」

返事をしたのは女子生徒の方だけ。テキストも今日使う二五ページを開いている。

名前は吉和樹里。

健康的に日焼けした小麦色の肌とは対照的に、クールで物静かな女子生徒だ。クラブチームで続けているビーチバレーと学業の両立のため、塾に通うことになったらしい。咲太にとっては馴染み深い峰ヶ原高校の制服を着ている。クラブチームでビーチバレーをするには恐らく小柄な方で、160センチくらい。

咲太が会ったことのあるジュニア選抜選手は、麻衣と同じかそれ以上はあった。まだ高校一年生とは言え、女子の場合、もうそれほど背は伸びないだろう。

男子生徒の方は、「うーす」と薄い返事はしても、スマホから顔を上げる気配はなかった。ゲームに夢中だ。

彼の名前は、山田健人。

樹里と同じく、こちらも峰ヶ原高校に通う一年生。ただ、クラスは別々のため、学校では殆ど接点がないらしい。

健人の場合は、一学期の成績が悪すぎて、基礎学力向上のため、夏期講習からここに通っている……というか、両親に無理やり通わされることになったのだと、最初の授業の際に愚痴られた。

身長は165センチ。それより大きく見えるのは、つんつんした頭髪のせいだ。部活をやっているとは聞いていないが、体つきからして、中学までは何かしていたのかもしれない。

「山田君、はじめますよ」

時計は授業開始の午後七時になった。

「待って、あと二秒」

「いーち、にーい、今日は二五ページ、二次関数のおさらいからします」

「あー、もー、咲太先生のせいで、初フルコン逃したじゃーん」

文句を続ける健人は無視して、二次関数の応用問題を解説していく。これは、夏休み明けの実力試験で、健人と樹里が解けなかった問題だ。例題を軸に、一通り解き方をホワイトボードに実践する。それが終わったら、例題と同じパターンで答えを導き出せる練習問題を、ふたりに解いてもらう。わからない部分に関しては、個々に対応していく。

樹里は言われた通り、ノートに問題を解きはじめた。

健人は眉間にしわを寄せて考え込んでいる。でも、すぐに諦めて、

「咲太先生ー」

と、力なく机に突っ伏して助けを求めてくる。

「なんだ?」

「わかりません」

「どこがわからない？」

「どうすれば、かわいい彼女ができるかわかりません」

何を言うかと思えば、そんなことだった。

「授業中は問題解こうな」

「世界一かわいい彼女がいるんだから、教えてよー」

「宇宙で一番かわいい彼女なら確かにいるけど、教えません」

健人がこんなことを言い出すのは、今にはじまったことでもない。

「俺、咲太先生なら、彼女ゲットの必勝法を教えてくれると思ったから、指名したのに。あー、双葉先生にすればよかったな。おっぱいでかいし」

健人が口にした「双葉先生」とは、咲太の高校時代からの友人である双葉理央のことだ。今は、理系の国立大学に通っていて、この個別指導塾では咲太よりも一ヵ月早く講師のアルバイトをはじめている。

「今の発言は、女子に嫌われるから気をつけた方がいいぞ」

ちらっと樹里を気にしたが、彼女は黙々と問題を解いていた。

「思うだけにしろってこと？」

「思想の自由は守られてるって、社会科の授業で勉強したろ？」

「むっつりは自由なんだ」

どう解釈したらそうなるのだろうか。あながち間違っていないのかもしれないが。

「彼女がほしいのはわかるが、そもそも、山田君は好きな人がいるんですか？」

授業が進みそうにないので、仕方なく話に付き合う。

「かわいい女子はみんな好きです」

清々しいほど馬鹿らしい答えが返ってきた。

「人間、中身も重要だと思うぞ。ま、僕が言っても説得力ないけどな」

「おっぱいは大きい方がいいです」

「僕が言った中身っていうのは、性格の話だからな」

誰も服の中身の話はしてない。

「梓川先生」

ようやく、樹里が少し咎めるように声を発した。樹里の手元を見ると、先ほどの一問を解いただけで手が止まっている。隣でこんな話をされたら、気が散るのも当然だ。

「さ、授業に戻るぞ」

「彼女の作り方を教えてください」

「数学以外は却下です」

「なんでぇ？」

「僕の時給に含まれてないから」

「彼女ができないと、勉強する気もおきないって」

「山田君は、どうしてそんなに彼女がほしいんですか？」

「だって、彼女がいたらエッチし放題でしょ？」

「……」

そんなことだろうとは思っていたが、いざ耳にすると言葉を失ってしまう。

「……え？　違うの？」

「そんな風に思っているうちは、彼女できないだろうな」

たとえ生徒であっても、憐れみの目で見てしまう。健人は気づいていないが、隣では樹里が嫌悪感をむき出しにした冷たい眼差しをしていた。

すると、そこにコンコンとノックの音が響いた。ドアはないので、パーティションの壁を叩く軽い音だ。

「梓川先生」

呼ばれて振り返ると、高校時代からの友人である双葉理央が入口にいた。咲太と同じ塾講師の制服を着ている。

「ちょっと、よろしいですか？」

態度はよそよそしくて、表情は明らかに不機嫌だ。

「なんだ？」

「いいから、来て」

教室を出るように、視線で命令される。

「問題解いててな」

健人と樹里にそう言い残して、咲太は一旦教室を離れた。


フリースペースの近くまで理央に連れていかれると、立ち止まるなり「はぁ」と大きなため息を吐かれた。

「授業中は授業に集中して。私の生徒から隣がうるさいって苦情が出てる」

理央が目を向けたのは、先ほどまで咲太がいた教室の横。隣で理央は物理を教えていたのだ。

「僕は真面目にやってるぞ」

「そうとは思えない単語が聞こえてきたけど？」

恐らくは、おっぱいとエッチだろう。

「言ったのは僕じゃない」

ここで、理央の窮屈そうな胸元を見ようものなら、何を言われるかわからないので、露骨に視線を逸らしておく。

「はぁ」

再び、理央が大きなため息をもらす。

「梓川もクビにならないように、気を付けなよ」

「も？」

まるで誰かがクビになったかのような言いようだ。

「あれ」

理央が視線で示したのは職員室前のフリースペースだ。塾長に対して、若い社員の男性講師が何か訴えかけている。

「違います。本当に！」

「落ち着いて。話は別室で聞きますから」

「誤解ですって！　なあ、そうだろう？」

若い講師がやさしく語りかけたのは、三メートルほど離れた位置に立つ女子生徒だ。彼女もまた峰ヶ原高校の制服を着ている。女性の講師に付き添われ、横顔に罪悪感を貼り付けて俯いていた。

「ごめんなさい。私、先生のこと、そういうつもりじゃありませんでした」

そういうつもりとはどういうつもりだろうか。わざわざ聞かなくても、その場のギクシャクした空気が、ふたりの関係を如実に語っている。

講師と生徒の恋愛事情のもつれ。先ほどの言葉を信じるなら、女子生徒はそういうつもりではなかったようだが……。

男性講師の方が一方的に勘違いして、手を出そうとした……そんなところだろうか。

「いつも頼りになるって！　勉強以外の相談もしたいって……だから！」

今日、ここに来る前に「女子高生に色々教えてるんだ。やらしいなぁ」と、美織にからかわれたばかりだが、実際にこういう場面に遭遇するとは思わなかった。

「ごめんなさい」

すがるような男性講師を、女子生徒は心苦しそうに切り捨てる。

「そんな……」

女子生徒の拒絶に、男性講師はうな垂れるしかなかった。

「じゃあ、先生、こちらに。詳しく話を」

「……はい」

塾長に背中を押された男性講師は、まるで逮捕された犯人のようだ。ただ、こんなことになった後悔よりも、単に失恋した男性の背中に見えた。

その姿が塾長室に消える。

「あの、先生はどうなるんですか？」

女子生徒は心配するように、女性講師に尋ねている。

「あなたは気にしなくていいから」

何かしらの処罰が出る言い方だ。それは仕方がない。状況が状況だ。

「でも、処分は軽くしてください。私は、ほんと大丈夫なので」

「ええ、塾長には伝えておくから。さあ、今日はもう帰りなさい」

「……はい」

返事をするけれど、まだ男性講師の処遇が気になるのか、女子生徒はその場から動かない。健気に塾長室のドアを見ている。顔を上げると、彼女は人当たりのいい優等生という感じがした。髪型も清楚に整っているし、制服も着崩していない。薄らとだけしたナチュラルメイク。高校生の頃の咲太だったら、ノーメイクと見分けがつかなかっただろう。

「梓川も、あんな風にならないようにね」

「僕が教え子に手を出すように見えるか？」

「見えないけど」

「だろ？」

「でも、出される可能性はあるんじゃない？」

「僕って意外とモテるからな」

「そう。だから忠告してるの」

「……なあ、双葉」

「なに？」

「今のは否定してくれないと。冗談なんだから」

「梓川が意外とモテるのは、事実でしょ」

理央の淡々とした口調で言われると、何も言い返せない。

「だとしても、僕には宇宙で一番かわいい彼女がいるから大丈夫だ」

「その桜島先輩とは、この一ヵ月会ってないって言ってなかった？」

今、麻衣は映画の撮影で北海道に行っている。八月、九月の殆どが大学の夏季休暇に当たるため、それを利用して主演映画を二本撮っているのだ。

一本は八月中に終わり、新潟県のお土産として笹団子を買ってきてくれた。二本目は、週明けまでかかると、昨晩の電話で聞かされている。

「その分、ご褒美をたくさんもらうから安心してくれ」

「じゃあ、私は授業に戻るから」

「もっと、僕ののろけ話を聞いてくれないか？」

「とにかく、私語には気をつけてね」

一方的にそれだけ言って、理央は自分の授業に戻っていった。それと入れ替わりで、隣の勉強スペースから健人が顔を出す。

「咲太先生、まだかよ」

「山田君のせいで、僕が怒られたんだよ」

「はぁ？」

本当にわかっていないという顔をしている。しかも、その目は何かに気づいて、咲太の後方に流れた。

「……」

健人が無言で視線を送っていたのは、先ほどの女子生徒だ。まだフリースペースに残っている。

「知り合いか？」

適当にそう尋ねると、

「同じクラスの姫路紗良です」

と、健人から彼女のフルネームが返ってきた。

「ふーん」

わざわざ下の名前まで覚えているとは珍しい。

「なんすか？」

「ああいう感じがタイプなんだな」

「っ!?」

今度も半分は適当だったが、健人は露骨に表情を強張らせた。

「違うし！」

むきになって否定してくる。

「なるほどなー」

「ほら、咲太先生、授業！」

「山田君がやる気になってくれて、僕はうれしいよ」

　これから、授業が脱線することがあれば、このネタは使えそうだ。

　おかげで、その後の授業はとても順調に進んだ。理央に怒られることもなかった。

3

　授業を一コマ終えた咲太が塾を出たのは、午後九時頃。授業自体は八十分だったが、そのあと生徒の理解度などを書き込む日報をつけて、理央を待っていたらそんな時間になっていた。

　塾を出て、理央と並んで駅の方へと歩いていく。

「そうだ」

　思い出したように理央が呟く。

「ん？」

「さっき、国見からメールが入ってた」

「なんて？」

「消防士の訓練、無事終了したっていう報告」

「そういや、今日までか」

国見佑真は高校の卒業に合わせて地方公務員の採用試験を受けたのだ。

志望は消防士。

その試験には無事合格したのだが、昨日までただの高校生だった素人が、即座に人の命を預かる消防署に配属されるわけもない。

まずは専用施設で、泊まり込みの訓練が半年続くのだと、合格の報告と一緒に聞かされた。

四月からの半年間。

今日が丁度半年後となる九月の最終日だ。

「配属先も決まったから安心してくれって書いてあった」

「国見のことなんて、誰が心配するか」

どうせ、佑真はなんとかしてしまう。

咲太の返事に、理央が少し笑う。同感と言いたいのだろう。

「週明けから、早速消防署で勤務がはじまるから、落ち着いたところで、お茶でもしようってさ」

「国見の給料でおごってもらうか」

「梓川はそう言うと思ったから、そう返事しといたよ」

そんな話をしているうちに、藤沢駅にたどり着く。

ここから小田急江ノ島線で一駅の本鵠沼に住んでいる理央とは、「じゃあ」、「また」と、短い言葉を交わして別れた。

夜になって少しは秋らしい空気になってきた。涼しさを感じながら、咲太は駅からの帰り道をひとり歩いていく。

境川にかかる橋をひとつ渡り、長く緩やかに続く坂道を上る。小さな公園の脇を通ってしばらく行くと、高校入学のタイミングで引っ越してきたマンションが見えてきた。

エントランスのポストが空っぽであることを確かめてから、一階に止まっていたエレベーターに乗り込む。押したのは五階のボタン。

大学入学を機に、一度は引っ越しも考えた。自分のバイト代で家賃を払えるくらいの広さの部屋に。

結果として、引っ越しをしなかったのには、そうしなかった理由がある。

五階に着くと、咲太はエレベーターを降りた。左手の隅っこ。そこが咲太の住んでいる部屋だ。

鍵を開ける。

「なすの、ただいまー」

飼い猫に帰宅を告げながら玄関に入る。

その時点で、咲太は違和感を覚えた。

出かけたときにはなかった靴がある。それも二足。

「あ、咲太、おかえり」

スリッパをぱたぱたと鳴らして出てきたのは麻衣だ。

「ただいま。麻衣さんもおかえり」

「ただいま」

「撮影、もう何日かかかるんじゃなかったの？」

「残りはスタジオ撮影だけになったから、帰ってきてあげたのよ」

こうやって、麻衣の笑顔を目の当たりにするのは、実に一ヵ月ぶりだ。

「……」

「なによ、人の顔じっと見て」

「僕の麻衣さんが、ますます綺麗になったと思って」

「うれしいでしょ？」

咲太を置いて、麻衣はリビングに戻っていく。その背中に、咲太もくっついていった。

「あ、お兄ちゃん、おかえり」

そう声をかけてきたのは、リビングのソファに寝転がっていた花楓だ。なすのを抱き上げ、じゃれ合いながらＴＶを見ている。流れているのはクイズ番組だ。

放送時間からずれているので、録画したものを再生しているのだろう。知った顔が映っている。のどかと卯月だ。卯月の天然発言に、司会者と出演者が腹を抱えて笑っている。

「花楓、来てたのか」

玄関に靴があるので、わかってはいた。

花楓は今、咲太がいる藤沢市と、両親が暮らす横浜市を行ったり来たりの生活をしている。半分がこっちで、半分が向こうという感じ。高校生の立場でそんな生活が可能になるのは、通っているのが通信制高校だから。スマホひとつあれば、授業はどこでも受けられる。

「『明日、バイトだから行くね』って電話したじゃん」

花楓が見ているのは、家の電話だ。留守電のランプが確かに点滅している。

バイトをはじめたのは今年の春から。咲太が働くファミレス。そうした花楓の希望もあって、部屋の引っ越しは中止になった。その代わり、ここの家賃は花楓も少しだけバイト代から出してくれている。

「お兄ちゃん、いい加減スマホ買おうよ」

「花楓の口からそんな言葉を聞く日が来るとは思わなかったよ」

スマホがほしいと言われたときも、十分驚きはしたが……。中学時代に、花楓はスマホを使った友人関係で酷く傷ついたから。

「麻衣さんだって、お兄ちゃんがスマホ持ってた方がいいでしょ？」

「そうだけど、私は慣れちゃったかも」

「麻衣さんのやさしさに甘えてたら、ダメだからね」

麻衣を味方につけるのに失敗した花楓は、矛先を再び咲太に向けてくる。

「バイト代に余裕が出たら考えるよ」

「そればっか。ま、いいけど」

ひとりで納得して、ソファから起き上がる。抱っこしていたなすのを床に下ろした。

「お兄ちゃん、まだお風呂入らないでしょ？　私、先に入るね」

録画の再生を止めて、風呂場の方へ向かう。

「なんだ、まだ入ってなかったのか？」

「帰ってくるの、待っててあげたんじゃん」

「そりゃ、どうも」

ばたんと洗面所のドアが閉まる。

一応、麻衣が来ているので、気を遣ってくれているらしい。ふたりで話ができるように。そういうところは、高校生らしくなったというか、ませてきた気がする。

「咲太、夕飯は？」

「懇親会で食べてからバイト行ったんで平気です」

「咲太好みのかわいい女の子はいた？」

基礎ゼミの懇親会に参加することは、昨日の夜に電話で話してある。特に反対されることはなく、むしろ、色々な人と関わることに対して、麻衣からは前向きな言葉をもらっている。ただし、「浮気したら許さないから」と、最後に釘を刺されはしたが……。

「いませんでした」

「残念だったわね」

「あ、でも……」

「なによ、本当はいたの？」

「いました」

「ふーん」

「スマホを持ってない女子大生が」

「……その子、咲太にしか見えないとかいうオチじゃないわよね？」

麻衣がそんな風に言いたくなる気持ちはわからないでもない。それくらい珍しいことなのだ。スマホを持ってない大学生に出会うというのは……。少なくとも、咲太は大学に入ってからはじめて見た。自分以外では……。

「なんか、不安になってきたので、週明け大学で確認してみます」

「そう。じゃあ、私、帰るわね」

ソファの横に置いてあった鞄を麻衣が持ち上げる。

「明日も、朝早いのよ。水曜日には大学行くから」

「え、もう？」

言いながら、麻衣はすたすたと玄関に移動してしまう。

「下まで送ります」

咲太が見送りに行くと、麻衣は咲太の腕を掴んでくる。

「写真撮られると困るし、ここでいい。最近、事務所も厳しいし」

そう言いながら、麻衣は咲太を支えにして、足首に固定するストラップがついたパンプスを片方ずつ履いた。

「冷蔵庫にお土産入れといた。花楓ちゃんと食べて」

「花楓に取られる前に食べます」

咲太の返事に少し笑うと、麻衣は頬に両手を伸ばして挟んでくる。

「なんですか？」

タコの口で聞くと、

「なんでもない」

と、おかしそうに麻衣は笑った。

たぶん、久しぶりに会えて、少し舞い上がっているのだ。

だから、急に悪戯したくなった。

ただ、それだけ。

麻衣が楽しそうなら、それでいい。

たいした理由なんてなくても、そこに麻衣の笑顔があれば十分だ。

咲太の頬から両手を離すと、麻衣は「じゃあね」と小さく手を振って帰っていく。

楽しげな麻衣の余韻に浸りながら、咲太は少し待って静かに鍵をかけた。

4

週が明けた月曜日。

十月三日は、朝からしとしとと雨が降っていた。

この日の授業は、午前十時三十分開始の二限から。ゆっくり起きた咲太は、ゆっくり出かける準備をして、九時十五分くらいに「お兄ちゃん、いってらっしゃい」と花楓に見送られて家を出た。

気温は少し秋に近づいたが、じめっとした空気はまだ夏の色が濃い。Ｔシャツに、足首だけちらっと出る九分丈のイージーパンツで丁度いい。

今年も夏がなかなか終わらない。終わったと思ったら、今度はいきなり冬がやってくるのだろう。年々、秋が短くなっている気がするのは、気のせいだろうか。

そんなことを考えているうちに、藤沢駅に到着する。まだ通勤通学の気配がわずかに残る時間。制服姿の中高生は見当たらないけれど、学生とサラリーマンはまだ多い。

駅の二階にあるJRの改札口を通って、東海道線のホームに下りた。少し待つと三十二分発の小金井行きの電車がホームに入ってくる。

いつも通りの電車、いつも通りの車両に揺られること約二十分。

横浜駅で電車を降りた咲太は、赤い車体がシンボルの京急線に乗り換える。犬のような形をした神奈川県の前足の先端……三崎口まで行く特急電車だ。特急と言っても、別に特別料金は必要ない。普通の切符で乗れる電車。

混雑を避けて少し前寄りに乗る。

電車が走り出すと、ドアの脇に立って外の景色に目を向けた。入学当初は、外を見てもどの辺を走っているのか見当もつかなかったが、半年も通っていると、だいたいの位置はわかるようになる。なんの建物や施設なのかの知識も、自然と身についてきた。

しばらく走って見えてきたのは、県内屈指の高校野球の強豪校だ。これが見えてきたら、大学の最寄り駅までもう近い。

到着するまでの暇つぶしに、咲太は車内の広告に目を向けた。麻衣が表紙を飾るファッション雑誌の広告が下がっている。大学生らしき女子ふたりが、「あの服かわいい」、「あれは桜島麻衣だからかわいいんだって」、「言えてる……」とか話していた。

「実物、もっとかわいいしね」

「ほんと、世の中不公平」

ふたりとも麻衣を生で見たことがあるらしい。この時間にこの電車に乗っているということは、咲太と同じ大学の学生なのだろう。ということは、咲太のことを知っている可能性も高い。あんまり見て、気づかれるのも厄介なので、咲太は視線を逸らしておいた。その逸らした先で、咲太は知っている人物を見つけた。

ひとつ先の向かいのドア……その前に立っていたのは赤城郁実だ。片方の肩を軽くドアに預け、でも、背筋はぴんと伸びている。両手で持った分厚い本の表紙には、アルファベットしか書かれていない。恐らく、本文も英語オンリーの洋書だ。真剣な瞳で本に集中していた。

咲太の中学時代のクラスメイト。

大学の入学で三年ぶりに再会した。

だけど、あの日以来交わした言葉はない。

――梓川君、だよね？

――赤城、だよな？

――うん、久しぶり
そのやり取りが最後。あのときは、すぐにのどかがやってきて、郁実は「じゃあ」とその場を立ち去ったのだ。そして、それっきりで、話しかけてくることはなかった。咲太もキャンパ

ス内で見かけることがあっても、わざわざ声をかけようとは思わなかった。

中学時代も特に親しかったわけではない。三十数人いたクラスメイトのひとり。卒業後も、名前を覚えていられたかどうかも怪しい距離にいた相手。

高校三年間の空白を経て再会したところで、何か特別な感情が芽生えるわけではなかったし、その瞬間から、何かがはじまるわけでもなかった。

それは、郁実も同じだったのではないだろうか。入学式のときは、知っている顔がいて、思わず話しかけてしまった。ただ、それだけ。

この半年の間に、郁実に関して進展したことがあるとすれば、郁実が在籍しているのが、看護学科だとわかったことくらい。

咲太が通う大学には医学部があり、その中に看護師を目指す看護学科がある。医学部には専用のキャンパスがあるのだが、一年次だけは一般教養が中心なので、金沢八景のキャンパスに他学部も集まっている。郁実もそのひとり。

実際、先週の基礎ゼミの懇親会には、看護学科の男子がふたりと、医学部の女子がひとり来ていた。

咲太の視線に気づいたのか、郁実の頭が咲太の方へと傾く。以前はかけていたと思う眼鏡がない。それでも、郁実の目は、しっかりと咲太を捉えていた。瞬きを二回。本を読んでいたときと同じ表情。三度目の瞬きのあとで、郁実は元の姿勢に戻った。片方の肩をドアに預けて、

いつのまにか雨の上がった外を一瞬だけ見ていた。
今日も、赤城郁実とは何もないまま、電車は大学がある金沢八景駅に到着した。

ホームに降りた咲太は、階段を上がって改札口を出た。改修工事を終えてまだ日の浅い金沢八景駅の入口付近は、近代的な真新しさがある。

以前は、少し離れたところにあったシーサイドラインの駅も移設されて、乗り継ぎがスムーズにできるようになった。

大学に向かうには、駅の西側に続く通路と階段を使えばいい。広く歩きやすい立体歩道が整備されている。

階段を下りたあとは、線路沿いに三分も歩けば、大学にたどり着く。今日は、その道を学生がまばらに歩いていた。学生の数の話だけすれば、高校の五倍はいるはずなのだが、授業の開始時間は個々に違うので、高校時代の朝の駅と比べると、だいぶ雰囲気は落ち着いている。

今は二限から授業がある学生がやってくる時間。

その中に咲太も混ざって、正門を抜ける。すると、真っ直ぐに伸びた銀杏の並木道が咲太を出迎えた。敷地の真ん中を一直線に貫いている。

試験を受けに来たときから、この並木道を「大学っぽいな」と、咲太は思っていた。映画やドラマに登場する大学の景色に近いものを感じたのだ。

入ってすぐの左手には、入学式でも使った総合体育館がある。その先には、グラウンドがあって、今は五、六人の学生が外側をランニングしていた。授業がないサッカー部の自主練だろうか。高校までと比べると、部活の活動時間も自由になったように思う。

そのグラウンドと並木道を挟んだ反対側にある三階建ての建物が、主に大学の授業で使われる本校舎だ。一見すると四角いだけの建物だが、実際にはロの字型をしていて、広い中庭がある。今日、二限の授業があるのもここだ。

大学の敷地のほぼ中央……大学のシンボルのように立つ時計台の手前で、咲太は右に進路を取った。

すると、後ろから走ってくる足音に気づく。ばたばたした音に追いつかれて、咲太は背中を軽く叩かれた。

「梓川、うす」

「福山、おす」

横に並んだのは、福山拓海だ。咲太が大学に入学してから、はじめてちゃんと話した相手。「桜島麻衣と付き合ってるって、まじ？」と、最初に聞いてきた人物でもある。以来、選択した授業も同じものが多くて、自然と大学内では一緒に過ごすようになった。

「金曜、あのあとどうでしたか？」

興味津々という感じで拓海が顔を近づけてくる。

「どうって？」

なんのことだかさっぱりわからない。

「男子諸君から恨まれてたよ。美東さん、お持ち帰りしたからさ」

「してないな」

「ふたりで消えたのに？」

「懇親会が終わったから帰ったんだよ。僕はバイトだったし、駅前で別れた」

「それはそれでつまんないなぁ。なんかあってもむかつくけどさ」

一体、どうしてほしいのだろうか。

拓海に好き勝手言われながら本校舎に入る。目指すは三階。階段を一段ずつ上がっていく。

その間も、拓海の話は続いていて、二次会のカラオケでは何を歌ったとか、誰が上手かったとか、霧島透子の曲は人気だったとか、咲太に教えてくれた。

「霧島透子ってまだ流行ってんのか」

聞いたことのある名前に、そう質問を返す。ネットを中心に活動をはじめて、十代から二十代前半の世代に絶大な支持を受けているらしい歌い手。顔出しは一切していないため、その正体についても、憶測が憶測を呼んでいた。わかっているのは女性で、まだ十代後半から二十代前半くらいだろうということだけ。

「まだつーか、まさに今って感じっつーか、これからじゃないか？」

今なのか、これからなのかはよくわからないが、人気は健在のようだ。ネットシンガーの曲がカラオケに入っているのも、咲太は知らなかった。

「ほら、これも」

拓海が横からスマホを差し出してくる。

画面に映し出されたのは芝の上に立つ裸足の足元。華奢な感じからして女性だろう。そう思った瞬間、アカペラによる綺麗で力強い歌声が流れ出した。

カメラのカットは変わり、今度は彼女の背中を映す。風景も見えて、スタジアムの中央に立っているのだとわかった。観客は誰もいない。形に見覚えがあるので、たぶん、横浜国際競技場だ。

今度は真横から口元が抜き取られる。サビの部分を歌い上げていく。

どれも極端に寄ったアングルばかりで、女性の全体像を捉えることができない。顔も、見えたのは唇から下だけ。誰かに似ているような気がしたが、答えが見つかる前に歌は終わった。

最後に、女性の耳元が映り、最新型のワイヤレスイヤホンのCMなのだとわかる。

「これ、霧島透子の曲」

短く拓海が教えてくれる。

「じゃあ、今のが霧島透子なのか」

「それが違うんだよなぁ」

「は？」

「今のは、歌が上手い謎のCM美女なんだと」

どうして顔が見えないのに美女だとわかるのだろうか。確かに、美人だと思わせる雰囲気はあったが……。

「カバーっていうの？　そういうやつ」

「じゃあ、今のCM美女は何者なんだ？」

ずっと顔が見えないままだったので、ちょっと気になってしまう。

「だから、謎のって言ったろ」

「正体不明ってことか」

「そう」

なんともややこしい。霧島透子も謎のネットシンガー。それをカバーするCM美女も正体不明ときている。

「あ、でも、桜島麻衣じゃないかって噂が流れてたな」

「麻衣さんだったら、顔を出した方がCMになるだろ……」

子役時代からの活躍に加え、朝ドラのヒロインに返り咲いたこともあり、幅広い年齢層に認知されている。それに、今のが麻衣だとしたら、咲太だったら見ればすぐにわかる。足元や、後ろ姿、口元しか見えていなかったとしても。

「そっちじゃなくて。霧島透子の正体が、桜島麻衣じゃないかって噂」

それは、咲太の知らない話だ。

「今もその説を押す連中って結構いるみたいね」

スマホを見ながら、拓海がそう教えてくれる。どうやら、今、調べ直したらしい。

「足元、気をつけろよ」

歩きスマホで階段から転げ落ちられては寝覚めが悪い。

「俺、口説かれてる？」

その冗談は聞かなかったことにした。

「ちなみに、どうなのよ？　霧島透子は桜島麻衣説って」

「んなわけないだろ」

少なくとも、咲太は麻衣から何も聞かされていない。だいたい、霧島透子のことを教えてくれたのは麻衣だ。なんでも、事務所の後輩から、最近流行っていると言われたとかなんとかで、麻衣も試しに聞いているときだった。

「声、ちょっと似てる気するけどね」

そこで、３０１教室の前に着く。今日はここで第二外国語の授業がある。咲太が選択したのはスペイン語。

「んじゃ」

「おう」
漢字ならある程度意味がわかるはず……という理由で、中国語を選択した拓海とは廊下で別れ、咲太はひとりで教室の中に入った。

教室に入ると、大きな笑い声が最初に聞こえた。入口付近に固まって席を取った女子の五人組。みんな、黄色から薄いカーキくらいの丈の長いスカートで、上も似たようなデザインのTシャツ姿だ。靴はスニーカー。アイドルグループの衣装だと言われても、納得できそうな統一感がある。

服装に関しては、人のことを言える立場でもないが……。さっきまで一緒だった拓海も、Tシャツにイージーパンツ、黒のリュックという格好で、完全にユニット状態だったから。ちなみに、咲太のリュックは、大学の合格祝いとして、麻衣がプレゼントしてくれたものだ。

おしゃべりで盛り上がる女子グループの脇を通り抜けて、咲太は廊下側の真ん中あたりに座った。三人掛けの机が三列並んだ教室。高校の教室と比べると、幅はほぼ同じで、縦に少し長い。だから、感覚的には、広いというより、長いという印象が強い。

鞄からスペイン語の教科書と、今日、塾のバイトで使う数学のテキストを出す。開いたのは数学の方。

夜の授業に備えて、練習問題を一度自分で解いておく。

ノートに計算式を走らせていると、

「ここ、いいですか?」

と、横から声をかけられた。

顔を上げると、見覚えのある顔が見える。

先週の金曜日、基礎ゼミの懇親会で出会った美東美織だ。今日も、ハーフアップの緩いお団子が目を引く。

「あまりよくないです」

教室に来る前に、お持ち帰り疑惑を投げかけられたばかり。男子諸君に恨まれているらしい。これ以上、余計な言いがかりをつけられてはたまったものではない。

「まあ、座りますけど」

そう言ったときには、美織は長いスカートを押さえながら座っていた。

「席、他にも空いてますよ」

「見たとこ、梓川君しか知り合いがいないので」

「友達と一緒の科目を選べばよかったのに」

第二外国語は、スペイン語、中国語の他に、ドイツ語、フランス語、イタリア語と色々ある。友達がいないことは、先週行われた初回授業時のガイダンスでわかっていたはずだ。

「はぁ……」

咲太の言葉に、美織はわざとらしくため息を吐く。

「……」

とりあえず、聞かなかったことにして、ノートに計算を続けた。

「はぁ……」

すると、もう一度大きなため息が聞こえてきた。

「ごめん。わたし、ウザいね」

「謝るほどじゃないから、気にするな」

方程式を解き進めていく。

「それって、つまり、ウザいってことでしょ？」

「なんか、嫌なことでもありましたか？」

投げやりにそう尋ねる。

「聞いてくれるの？」

「聞いてほしいんだろ？」

「夏休みの間ね、真奈美たち海に行ったんだって」

「それで？」

「わたし、誘われてない」

口を尖らせた美織は、いかにも不満ありって表情だ。人差し指にぶら下げたご当地キャラク

ターのキーホルダーを恨めしそうに見ている。そのキャラクターと目が合う。海に行った友達のお土産なのだろう。

「さんぽちゃんを選ぶとは、その友達はお目が高いな」

「知ってるの？」

「藤沢に三年も住んでればな」

正しくは、江ノ島さんぽちゃん。藤沢市の魅力を伝えるために活動する公式に非公式を謳うご当地キャラクターだ。

「てか、海に誘われなかったのは、スマホを持っていないからだと思いますよ」

咲太が正論を言うと、美織は横目でじろっと睨んでくる。

「『海でイケメンにナンパされたの！』って、自慢話でも聞かされたのか？」

「何も言ってこなかったから、それはなかったんだと思う」

お澄まし顔に戻った美織は、指から下げていたキーホルダーをペンケースのファスナーに付けていた。

「『わたしを連れていけば、ナンパされたのに』って顔になってますよ」

「そんな顔はしていません。思ってるだけです」

頬杖を突いて、美織が不貞腐れる。

「いい性格してるな」

思わず、ちょっと吹き出してしまった。

「あーあ、友達ってなんだろう……」

「……」

「あ、『こいつ、やばいな』って顔してる」

美織は頰杖を突いたまま、横目に咲太を映している。

「これは、『こいつ、やばいし、面倒だな』って顔」

「いい性格してるね」

「それほどでも」

咲太の謙遜に、呆れたように美織は笑った。そのあとで、三度目のため息を吐いた。今度のはわざとではない。自然に出てしまったという感じ。

「お詫びとしてね。今度、わたしのために合コンをセッティングしてくれるそうです」

「そりゃよかったな」

「……」

またしても、美織の瞳には不満が溜め込まれる。

「文句があるなら、『わたしをダシに、イケメンと合コンしたいだけでしょ？』って言ってやったらどうだ？」

美織がいることで、参加する男子のレベルが上がるのは、間違いないと思う。先週の懇親会

の様子がそれを証明している。

「梓川君、わたしのことなんだと思ってる？」

「ひとりだけモテそうで、友達から海に誘ってもらえないかわいい女子だと思ってる」

問題を解きながら、思ったままを咲太は口にした。

「性格悪いなぁ」

咲太に文句を言いながらも、美織の態度は咲太の言葉を半分認めている。誘われなかった理由は、美織も自覚しているのだ。似たようなことなら、これまでにも何度かあったのだろう。何度も、かもしれない。そうした扱いに、もう飽きたという雰囲気が漂っていた。

「嫌なら、合コンも行かなきゃいいんじゃないですか？」

すると、そこに、

「合コン？　私も行ってみたい！」

と、元気な声が割り込んできた。声だけではない。咲太と美織の間に、後ろから身を乗り出している女子がひとり……。

咲太の知っている人物。大学に入る前からの顔見知り。

広川卯月だ。

「アイドルは合コン行ったらダメだろ」

「ふうふっふー」

たぶん、そうだったーと言ったのだ。はっきり発音されなかったのは、卯月がタピオカミルクティーのストローを咥えているから。

なぜ、卯月がこの場にいるのかと言うと、卯月もこの大学に通う学生だからに他ならない。咲太と同じ統計科学学部に在籍している。

なんでも、早々と大学進学を宣言していたのどかに感化されて、自分も大学に行ってみたいと思ったらしい。

受験するなんて話を咲太は聞かされておらず、入学式が終わったあとで、のどかと一緒に突然現れたので普通に驚いた。

そんな卯月を見ていると、何を勘違いしたのか、

「お兄さんも飲む？」

と、タピオカミルクティーのストローを咲太の方へ向けてくる。

「やめとく」

現役のアイドルと間接キスをするのはあまりよろしくないだろう。

「タピオカ、今、マイブームなのに？」

「僕が飲むと、タピオカだけどっさり残るんだよ」

「美味しいのに？」

「才能ないんだろうな、きっと」

「じゃあ、しょうがないね」

最後のストロークだけは、奇跡的に嚙み合った。表面上だけではあるが……。

再び、卯月がストローでタピオカを吸い上げる。甘い香りを漂わせ、口をもぐもぐ動かしながら、咲太と美織を見比べている。

「お兄さんの新しいカノジョ？」

何を言うのかと思えば、おかしな質問をぶつけてきた。

「違う」

「かわいいのに？」

「彼女は……」

言いかけて言葉に詰まったのは、美織との関係性を端的に表す言葉が、すぐに思いつかなかったから。金曜日に知り合ったばかり。お互いのことをまだよく知らない。

「友達候補の美東美織です」

咲太に代わって、そう答えたのは美織自身だ。

「お兄さんの友達の広川卯月です！」

手を伸ばして、元気に握手をしている。上下のシェイクが激しいので、美織は頭まで揺さぶられていた。

「なんでお兄さん？」

激しい挨拶のあとで、美織がそう尋ねてくる。

「花楓ちゃんのお兄さんだから、お兄さん」

答えたのは卯月だ。

人間関係の基準が、卯月の場合は花楓の方にあるようで、出会ったときから、そう呼ばれている。

「梓川君、妹がいるんだ。で、妹さんは広川さんと仲良し？」

「理解が速くて助かるよ。ま、仲良しっていうか、ファンなんだけど」

咲太が美織に説明している間に、卯月は教室の前の方へと駆けていく。

「みんな、おっはよー！」

ステージ上からファンに挨拶するようなテンションの高さ。前の方に固まっていた女子のグループが「おはよ」とそれぞれに返している。

五人組に卯月が加わって、六人になった。ただ、五人の服装が綺麗に揃い過ぎているせいか、脚のラインがはっきり出るスキニーに、ロングカーディガンをスタイルよく着こなした卯月だけは、どうしても浮いて見える。一瞬、醜いアヒルの子が頭を過った。もう白鳥になっている状態だが……。

「梓川君はさぁ」

美織は何か文句でも言いたそうな口調だ。

「なんですか？」

「かわいい女の子の知り合いが多いんですね」

「美東も含めてな」

「そういう意味で言ったんじゃないから」

ほんと性格悪いと、また口を尖らせている。

そのあとで、「ん？」と表情に疑問を宿した。

「美東って言った？」

「友達候補になったので。距離を詰めてみようかと」

数学の例題をようやく解き終える。あとは、ふたりの生徒に理解してもらうだけだ。

「梓川って長いんだけど」

「だから？」

「あずさ？」

「特急電車みたいだな」

「さがわ？」

「飛脚みたいだな」

「咲太、だと馴れ馴れしいから、梓川君だね」

一周して元に戻ったところで、スペイン語の先生が教室に入ってきた。

5

「今日は、ココまでにシマス」

午前十時三十分にはじまった二限の授業は、時間通りの九十分後……十二時ちょうどに終わった。

「アスタ　ラ　プロキシマ　セマーナ！」

また来週と言って、スペイン語教師のペドロが教室を出て行く。

「アスタ　ルエゴ！」

またねと言って明るく送り出したのは卯月だ。元気に手も振っている。

それにペドロは笑顔で応えていた。

陽気なスペイン人には、卯月のテンションもウケがいい。

そのペドロと入れ替わるようにして、拓海が教室に顔を出した。

「梓川、飯どうするよ？」

咲太を見つけるなりそう声をかけてきたのだが、拓海の目は途中で隣に逸れた。今、拓海の目には、トートバッグに教科書を入れる美織が映っているはずだ。

「チャオ」

美織はスペイン語でフレンドリーに「またね」と軽く手をあげて席を立つ。拓海の脇を通り抜けて、廊下に消えていった。

「梓川君、どういうことかな？」

近づいてくるなり、拓海が机に両手を突く。

「今朝、何もなかったって言いましたよね？」

「さっき、友達候補に昇格した」

「俺も混ぜろぉ」

「それは、美東に聞いてくれ」

「もう呼び捨てかよぉ。やっぱり、桜島麻衣を落とした男は、出来が違うのね……」

なにやら遠い目をしている。

そんなやり取りをしていると、教室の前の方でも、昼食の相談がはじまっていた。

卯月を含んだ女子のグループだ。

「学食行く？」

「よこいち丼、食べたい！」

真っ先に反応したのは、卯月だ。この大学の名物どんぶり。甘辛のそぼろに温泉卵が載ったご飯がすすむ味だ。

聞いたら、咲太も食べたくなってきた。

「じゃあ、学食行こっか」

けれど、すぐに「あっ」と卯月が何かを思い出して、

「今日、撮影だった。もう行かないと。ごめん」

と、両手を合わせてみんなを拝んでいる。

「こないだと同じファッション雑誌？」

「あれ、かわいかったよね」

「今度も出たら絶対買う」

「買う買う」

「撮影がんばってね」

周囲の女子が交代でテンション高く卯月に声をかけていく。

「アスタ　マニャーナ！」

それに応えるように、また明日と手を振って、卯月は元気よく教室から駆け出していった。

すると、女子たちの会話は一旦ぴたりと止んだ。かと思うと、

「なに食べる？」

「購買は？」

「私、昨日食べ過ぎで。サンドウィッチだけにしたかったの。助かる」

「わかる。それ私も」

「じゃ、行こう」

と、先ほどまでとはまったく違うテンションで、笑い声を上げながら教室を出て行く。

卯月の話題は誰一人として引きずらなかった。

その姿が完全に廊下に消えるのを待って、

「なんか、女子ってこえーな……」

と、拓海が呟いた。

「人間あんなものだろ」

本人がその場にいるときは、仲良く振る舞うのだから、中学や高校と比べて、人付き合いに余裕が出たと思う。「クラス」があったときには、みんなもっと徹底的に線を引く習慣がついていて、好きと嫌いの境界線はもっとはっきりしていた。

大学には、ほどほどで許される緩い関係が存在し、それで成立している。

「梓川も、なんかこわいよ？」

「学食、席なくなるぞ」

学食があるのは時計台から並木道を真っ直ぐ進んだ先。突き当たりを左に曲がると見えてくる。ホールや購買部も入った建物で、その一階に学食はある。

昼食のピークタイムの今は、四百席が殆ど埋まっていて、空席を探すのも一苦労だった。

男子三人組が席を立ったテーブルを、入れ替わりでキープする。すると、拓海が咲太の分のトレイも持ってやってきた。

ふたりとも、よこいち丼だ。

普通サイズで三百円とリーズナブル。学食のメニューは全体的に安く、そばやうどんに至っては百円台からある。学食は、腹を空かせた学生の胃袋の味方。

時々、大学関係者ではなさそうな親子連れやマダムの集団を見かけるが、外部の人も利用可能な施設なので問題ない。最近では色々な大学が、地域との交流を兼ねて、そうした試みを広く行っている。そのために、学食をおしゃれなカフェみたいにしている大学も多い。TVの特集なんかも、ちらほら見かける。

五分ほどで、咲太と拓海のどんぶりは空っぽになった。ただで飲めるサーバーのお茶で喉を潤していると、

「梓川、女の子、紹介してくれませんか？」

と、拓海が口癖のように言ってきた。

「懇親会で連絡先交換した女子は？」

「返事がありません」

「ご愁傷様」

「豊浜さんでもいいからさ」

「『でもいい』とか言うと、怒られるぞ。豊浜は沸点低いから」

もう一口お茶をすする。すると、学食の入口にきらきらしたものが見えた。噂をすればなんとやらだ。

大学内では、他にも金髪の学生を見かけるが、間違いなく一番丁寧に手入れされた綺麗な金髪の持ち主だ。キャンパス内では、自慢の金髪を低い位置でまとめて、肩から前に流している。

のどかは誰かを捜しているのか、学食を見回していた。

すぐに、咲太とばっちり目が合う。かと思うと、すたすたと近づいてきた。どうやら捜していたのは咲太だったらしい。

「やっと、見つけた」

まるで咲太が悪いかのような口調だ。

「なんか用か？」

のどかの視線が、一緒にいる拓海に向かう。

「ちょっと、咲太、借りていくね」

「どうぞ。お好きなように」

あっさり咲太を差し出す。

咲太の意思は聞かずに、のどかは回れ右をして、きびきびとした足取りで出口の方へと歩いていく。ついていかないと文句を言われるので、咲太は使った食器を返却口に戻してから、

のどかのあとを追いかけた。

外に出た咲太とのどかは、なんとなく歩いて、研究棟の側にあるベンチに腰掛けた。近くでは、校舎の窓ガラスを鏡にして、ダンス部がステップの練習をしている。

その様子をしばらく眺めているだけで、のどかは何も言ってこない。

「で？」

仕方なく、咲太の方から短く切り出した。

「……今日、卯月と会った？」

「会ったよ。スペイン語で一緒だった」

のどかも知っていたから、咲太を捜しに来たのだろう。

「なにか言ってた？」

「なにかって？」

「……」

「わざわざ連れ出したんなら、もったいぶらずに言ってくれ」

「様子、どうだった？」

咲太の軽口にも、のどかの表情は変わらない。ダンス部の練習をじっと見つめたままだ。

「別に、いつも通りだったんじゃないか？」

少なくとも咲太はなんの違和感も覚えなかった。

咲太と美織のやり取りに突然割り込んできたのも、タピオカを勧めてきたのも、そのあと女子グループに元気よく合流していったのも、覚えたてのスペイン語を誰よりも積極的に使っていたのも……帰ったあとで、女子グループが卯月の話題を引きずらなかったことも含めて、いつも通りの卯月だった。

「あたしのこと、何か言ってなかった？」

「何も」

「スイートバレットのことは？」

「何も言ってなかった」

「そっか……」

まったく話が見えてこない。

「これ、なんの話だ？」

そう聞いた咲太のことを、のどかはようやく視界に入れた。その目は怒っているようにも見えるし、困っているようにも見える。

「昨日、ちょっとあって……」

「ちょっと？」

「喧嘩したっていうか……」

「喧嘩……？」

その言葉がしっくりこなかったのには、ふたつの理由がある。ひとつ目は、のどかと卯月が喧嘩している絵というのが、上手く想像できなかったから。

もうひとつは、今日の卯月の態度だ。本当に普通だった。いつも通りだった。曇り切ったのどかの表情とは対照的で、何かの間違いではないかと思ってしまう。

「喧嘩の原因は？」

「……メンバーがふたり卒業したのは、咲太も知っているでしょ？」

「まあ」

のどかが言うメンバーとは、のどかと卯月が所属するアイドルグループ『スイートバレット』のメンバーだ。

半年ほど前に、七人いたうちのふたりがグループを抜けて、今は五人で活動している。

「その頃から、事務所も、あたしたちも、この先のことを相談するようになって……」

「それって、続けるとか、解散するとか、そういう感じの？」

「……」

のどかは肯定も否定もしない。何も言わないことが、現状に対するのどかの抵抗であったし、咲太への答えになっていた。

「三年で武道館……それが、あたしたちの目標だったの」

過去形なのは、デビューからそれだけの時間がすでに経過しているからだ。先のことを考え直す節目でもあると、のどかは言いたいのだと思う。

「でも、ファンも増えて、仕事も増えてるだろ？」

夏には音楽フェスにも参加していたし、主要都市を回る単独ライブも行っていた。東京の会場には、友達の鹿野琴美を誘って花楓が観に行っている。二千人規模の会場は大盛り上がりで、家に帰ってくるなり、「すごく楽しかった。すごかった」と興奮した花楓から感想を聞かされたものだ。

メンバー個々の仕事としては、卯月はクイズ番組で存在感を示し、街ぶらロケなんかのTV出演も徐々に増えている。予想外の言動で、どこでも笑いを取れるのが強みだ。

のどかはそのお目付け役で同行することが多く、見た目とは裏腹な優等生的振る舞いで認知されるようになってきた。

他のメンバーも、グラビアで活躍したり、ドラマに出演したり、スポーツ系バラエティで体を張ったりと、五人がそれぞれに活躍の場を広げつつある。

とは言え、まだまだ知る人ぞ知るグループであることに変わりはない。

「だから、それもあって、スイートバレットとして、どうしようかって話。特に、卯月のオファーが多くて……みんなとスケジュール合わなくなってきたから、事務所も色々考えてるみたいで」

「色々って？」

「……卯月のソロデビューとか」

ぽつりとのどかがもらす。感情を殺した声。普通を装って、普通にのどかは口にした。

「昨日、事務所の合同ライブのあと、チーフマネージャーが電話で誰かと話してるの、聞いちゃったのよ」

喧嘩の切っ掛けらしきものがようやく見えてきた。

「事務所は置いといて、広川さんはそれ知ってんのか？」

「たぶん、知らない」

そうだろう。知っていたら、問題の角度はだいぶ変わっていたはずだ。

「豊浜はどうしたいわけ？」

「あたしは……スイートバレットとして、みんなと武道館に立ちたいって今でも思ってる」

そう言いながら、のどかはダンスの練習をする女子に再び視線を向けた。

「でも、それと同じくらい、メンバーの努力は報われてほしいって思ってる。卯月は、誰よりもがんばってきたし……あの子には、ほんと、みんなを笑顔にする力があるから」

「なるほどね。それを、遠回しに広川さんに言ったはいいけど、全然わかってもらえなくて……豊浜がどんどんヒートアップして、八つ当たり気味に喧嘩っぽい空気になったってわけか」

派手な見た目に反して、のどかは根っこが真面目だ。卯月を心配する気持ちが空回りして、余計なことを言ってしまった。その姿は想像がつく。

「……そんな感じ」

そういう事情なら、のどかが『喧嘩』という言葉を使ったのも頷ける。ただ、それでも、感情は一方的なものだったのではないだろうか。今日、卯月はけろっとしていたし、ソロデビューの話を知らなければ、論点が合うわけがない。

「他のメンバーも気持ちは一緒だから……四人で責めるみたいになっちゃったんだよね」

それが後ろめたいから、卯月と顔を合わせるのが気まずくて、咲太をクッションにしたというわけだ。

「なんだ、そんなことか」

「は？」

咲太の気の抜けた反応が気に入らなかったのか、のどかが本気で睨んでくる。

「こっちは真面目に悩んでるんだけど」

「贅沢な悩みでいいじゃないか」

「……」

「要は、仕事が増えて、今まで通りにいかないことに文句言ってんだろ？　そんな話、麻衣さんにしたら、引っ叩かれるぞ」

「う、それは……」

その場合、どういうわけか、咲太が引っ叩かれそうで、嫌な予感しかしない。この話を麻衣の前でするのは絶対にやめよう。

「……」

のどかは、咲太の言葉を受け入れても、まだ完全に納得したわけではなさそうだ。

「広川さんのことが気になって仕方ないなら、もう一度、話し合えばいいんだよ。僕みたいな部外者からこそこそ様子を聞いてないでさ」

「うっさいな！　そんなことわかってるわよ！」

さすがに、イラっと来たのか、感情に任せてのどかが立ち上がる。

「咲太に相談したあたしがバカだった。ありがと！」

これは、怒っているのだろうか。感謝しているのだろうか。感情がごちゃ混ぜになったのどかは、ぷりぷりした足取りでその場を離れていく。

近くでダンスの練習をしていた女子が、「何事？」という顔でこちらを見ている。咲太と目が合うと、慌てて逸らされた。

「これ以上、有名人になりたくないんだけどなぁ」

のどかは大学生になって、少しは落ち着いたような気もするが、咲太の前では全然変わっていない気もする。

「ま、いいけどさ……」

立ち上がって伸びをする。

朝は雨だった空は、すっかり晴れていた。

さっき聞いた話も、天気みたいなものだ。感情だって、晴れたり、曇ったり、雨が降ったりもする。だから、のどかと卯月のことは別に放っておいても問題ない。たまたま、今日は天気が悪かっただけ。

あのふたりは、ただの友達とは違う。同じアイドルグループで、同じ目標を持って……一緒に努力をしてきた者同士にしか生まれない信頼と絆で結ばれている。

友達ではないけど、寄り掛かることができる。

親友でもないけれど、支え合うことができる。

それよりも、もっとすごい戦友であることを咲太は知っている。

取り巻く環境が少し変わったくらいで、今さら壊れてなくなるようなものではない。

このときの咲太は、本気でそう思っていた。

些細な問題にすぎない。

そう高を括っていた。

けれど、事態は思いもよらない方向に転がっていくことになる。

異変が起きたのは翌日。

いつもと変わらない大学の景色の中に、確かな変化があった。

第二章　空気の味は何の味？

1

翌日、十月四日の朝を、咲太はいつも通りに迎えた。

まず、なすのに顔を踏まれて目を覚ます。朝ご飯を要求する「なー」という鳴き声に急かされてリビングに出た。カリカリをお皿に入れてあげたあとで、ふたり分の朝食をダイニングテーブルの上に用意した。ついでに、大学に持っていく弁当も作っておく。節約できるところは、節約しておくに越したことはない。

朝食を先にひとりで済ませたあと、

「花楓、朝だぞ」

と、『花楓』のプレートが吊るされたドアの前から声をかけた。

「……」

返事はないが、ドアを開けたりはしない。

最近、どうもお年頃を迎えたらしい妹は、勝手に部屋のドアを開けると、むくれて文句を言ってくるようになった。

だから、そのまま放置する。

一分ほど遅れて、

「……おはよう、お兄ちゃん」

と、花楓が部屋から出てきた。だけど、まだ目は閉じたままだ。

「食器だけ、洗っといてくれな」

「ふぁ～い。いってらっしゃい」

花楓のあくびに見送られて、咲太は家を出た。

天気は概ね晴れ。

引っ張って伸ばした綿飴のような雲の向こうに、青空を感じることができる。今日は、空気も乾燥していて、秋らしい肌触りだった。そんな清々しい空の下を歩いて、藤沢駅に向かう。そこからＪＲ東海道線で横浜駅に出る。横浜駅で京急線に乗り換えて約二十分。大学が門を構える金沢八景駅に到着する。家から大学までが丁度一時間くらい。

駅の改札を出ると、大学の方に向けてぱらぱらと学生の列が流れていた。

友達を見つけて声をかける学生もいれば、スマホの向こう側の友達と話したり、メッセージを送ったりしている学生も多い。音楽を聴きながら、黙々と歩いている学生もいる。咲太は……というと、あくびをしながら眠たそうに歩く学生のひとりだ。

日々繰り返される当たり前の景色。

正門を通り抜けると、目に映る学生の数は増えて、周囲の雰囲気がにわかに活気づく。これもまた、いつも通りの光景だ。

昨日と代わり映えしない大学の風景。

学生たちの様子。

繰り返しの学生生活を退屈だという人はいる。大学に入れば、もっと色々楽しいことがあると思っていたという声は、キャンパス内でよく耳にする。

けれど、咲太としては、退屈であることになんの不満もなかった。

何もないのが一番いい。

まさに、世はすべてこともなし。

見慣れた大学の様子に、咲太はそんなことを思いながら、二限の授業が行われる本校舎に入った。

階段を上がって、向かったのは201教室。必修科目の線形代数の講義がこれからここで行われる。咲太はそれを受けに来たのだ。

席はすでに三分の一程度が埋まっていた。全員が同じ学部。その殆どが一年生。昨年単位を落とした二年生が四、五人だけ混ざっているのを、先週行われたガイダンスの際に咲太は知った。教授が「二年生は、単位を落とさないように」と言っていたので……。

教室の真ん中あたりに知った背中を見つける。

拓海だ。

その側まで行くと、気づいた拓海が「おいす」と軽く手をあげる。そのまま流れるように、拓海はひとつ隣の席に移った。

「梓川のために、席あたためといたよ」

朝から男の尻のぬくもりなど感じたくもないので「ういす」と返して、ひとつ前の空席に座る。

「もしかして、俺のこと嫌い？」

「椅子は冷えてるのに限るんだよ」

「それと、ビールな」

中身のない会話をしつつ、咲太は授業で使う線形代数の教科書とノートを出した。教科書には、この授業を受け持つ教授の名前が書いてある。他の科目もそうだが、大学で使うテキスト類は、教授が書いた本であることが多い。幾ばくかの印税が教授に支払われているとすると、世の中とは上手くできているものだと思ってしまう。

なんとなく見た時計の針は、十時二十五分を差している。二限の開始まではあと五分。

甲高い笑い声につられて教室の前の方を見ると、今日も全員同じような服を着た女子グループがいた。スマホのアプリで何かやっている。短い動画を撮っては、互いに見せ合っているようだ。その中には卯月の姿もあった。

二列ほど後ろでは、読書に没頭している男子がいる。時折、顔がにやついているので、難し

い本を読んでいるわけではなさそうだ。

その横には、机に突っ伏して寝ている学生。授業がはじまる前から居眠りとは、なかなか肝が据わっている。

あとはだいたいがスマホをいじっているか、友達としゃべっているかのどちらか。

どこを見ても、よくある授業前の光景。何もおかしなところはない。それでも、咲太は目に映る景色に違和感を覚えていた。

それは、ひとりの女子から感じたもの。今も感じているもの……。

最初に目にした女子六人グループの中のひとり。周りの女子と同じようなスカートをはいて、同じようなブラウスを着ている卯月だった。

友達の冗談にツッコミを入れて笑い、逆に、ボケをかまして突っ込まれている。みんなと同じタイミングで卯月は笑っていた。

それは、よくある女子グループの一幕に過ぎない。きっと、どこの大学に行ってもあるやり取りだ。何もおかしいことはない。だから、奇妙な感覚に囚われながらも、すぐには違和感の正体が自分でもわからなかった。わからないのに、何か変だなと直感していた。

難しい間違い探しをしている気分で卯月を観察していると、その視線に気づいた卯月とばっちり目が合った。

いつもだったら、元気いっぱい手を振って、「お兄さん、おはよー!」と声をかけてくるシ

チュエーションだ。注目されてこっちが恥ずかしく思えるくらいに……。

けれど、今日の卯月の行動は違っていた。咲太を見て、何か思い出したかのように口を半開きにする。それから、友達に「ちょっとごめん」と断りを入れて席を立った。

真っ直ぐ咲太の前までやってくると、一瞬だけ周囲を気にする素振りを見せる。そのあとで、少し前かがみになって、

「のどか、何か言ってた？」

と、咲太にだけ聞こえる声で囁いてきた。

「何かってなに？」

質問の意図を確かめるために質問を返す。

「何かは何か」

返ってきたのは、韻を踏んだだけの意味のない言葉。

「なんだそりゃ」

咲太の要領を得ない返事に、卯月が口をへの字に曲げる。だが、咲太としては、卯月が何を求めているのかがわからないのだから仕方がない。

「昨日、豊浜となんかあったとか？」

のどかの方からは、先週末に喧嘩っぽい態度を取ってしまったという話を聞かされている。何かあるとすれば、それくらいだろうか。

だが、これに関して言えば、咲太の中ではすでに解決済みの話だ。昨日、相談を持ち掛けてきたのどかが、もう一度卯月と話してみると言っていたので……。これ以上、咲太が気にしても仕方がない。

「大学出たあと、昨日はずっと雑誌の撮影だったから、のどかとは会ってない」

「連絡も？」

「昨日は、取ってない」

気になる言い方だ。わざわざ「昨日は」と言われると、今日は連絡があったかのように聞こえる。そして、その咲太の余計な勘繰りは、間違いではなかった。

「さっき『今日、大学来てる？』って、メールがあって」

卯月は、そう続けたから。

「それで？」

「そんなことわざわざ聞いてくるってことは、なんか話があるのかなって思わない？」

「思わない人もいるんじゃないか？」

少なくとも、昨日までの卯月だったら、思わなかったのではないだろうか。そんな詮索をする前に、『どうしたの、のどか！』と返事を送りそうな気がする。電話をできる状況だったら、その場でのどかにかけていたのではないだろうか。絶対にそうだ。

そう考えると、今日の卯月はやはりどこか違う気がした。

「広川さんの方こそ、昨日なんかあった？」

「なんかってなに？」

「なんかはなんか」

「真似されたぁ」

そう言って、卯月は場を和ませるように笑う。それもまた、咲太の違和感になった。卯月が愛想笑いを浮かべている。こんなの見たことがない。少なくとも、今日、この瞬間までは……。

それに、「なんかあった？」と聞けば、咲太の質問の意図など気にすることなく、「撮影で転んでお尻打ったー」とか、昨日のトピックスを話してくれるのが、咲太の知っている広川卯月という人間なのだ。

一体、この違和感はなんだろうか。

その正体を見極めようとしていると、

「今日、調子いいんだよね」

と、卯月がまた笑う。

それとなく咲太から逸らした視線は、先ほどまで一緒にいた女子グループに向けられていた。

「みんなと波長がぴったり合ってる感じ」

改めて見比べるまでもなく、卯月と女子グループは似たような服装でまとまっている。

「みたいだな」

たまには、そんな日もあるのかもしれない。

ただ、いつもと違うという感覚は、卯月自身にもあるようだ。今日は調子がよくて、みんなと波長が合っていると感じているのだから。

そこまで考えたところで、

「席に着いて」

と、小さな声で言って教授が教室に入ってきた。

学生たちが正面に向き直る。卯月も友達が待つ前の方の席に戻っていった。

「なあ、福山」

席に着いた卯月の背中を見ながら、咲太は斜め後ろに話しかけた。

「ん？」

「今日の広川さん、どう思う？」

「かわいいと思うよ」

「他には？」

「かわいいと思うな」

返ってきたのは、普段通りの拓海の言葉。

「貴重な意見をありがとう」

「どういたしまして」

周りを見ても、咲太以外に卯月を気にしている学生はいない。違和感を覚えているのは咲太だけのようだ。

だったら、気のせいかもしれない。

今日は、偶然みんなと同じ服装になり、みんなと笑いのツボが一致した。のどかから送られてきたメールもたまたま気になっただけ。

なんたって、調子がいいから。

だから、全部咲太の思い過ごし。

そうだったらいいなぁと思いながら、咲太は線形代数の教科書を開いた。

2

どんな些細なことでも、一度気になると気にしてしまうもので、線形代数の授業が行われている最中も、どこかいつもと違う卯月の行動は、自然と咲太の目に留まった。

昨日までの卯月なら、教授の話に熱心に耳を傾けていた。わからないところがあれば、授業の中断も厭わずに手をあげて質問をする。周りの友達が小声で話したり、スマホでメッセージのやり取りをしたりしていても、スイッチが入ると集中力が途切れることはなかった。それがこれまでの卯月の普通だった。

けれど、今日は落ち着きなく体をぐらぐら揺らしたり、隣の友達とふざけ合ったり……教授の話に首を傾げることはあっても、「そこわかりません！」と声をあげることはなかった。

授業が終わったタイミングでも、「先生、また来週ー！」と、元気に手を振ったりもしない。

教室にいる他の学生と同じように教科書をさっさと片付け、今は女子グループに混ざって昼食の相談をしている。その輪の中から、卯月の声だけが目立って聞こえるということもない。「学食行こう」という提案に、「うん、行こう」と落ち着いたテンションで返事をしているだけ……。それらは卯月に対する違和感を、咲太の中で確かなものにしていた。

ただ、そんな卯月の変化を気にしているのは、やはり咲太だけだ。

一緒にいる女子たちは、ごく当たり前の顔をして卯月と話している。「今日、帰り横浜寄ろう」とか言っている。その様子はあまりに自然で、少なくとも咲太の目には、女子たちがそう取り繕っているようには見えなかった。

逆の見方をすれば、女子大生同士の会話としては、なんの違和感もないやり取りだ。ひとりだけテンションの違う卯月が混ざっていた今までの方が、不自然と言えば不自然だったのかもしれない。そんなことを思っていると、

「梓川、今日の昼飯は？」

と、斜め後ろの席から拓海が思考を遮ってきた。

拓海は体を前に倒して、前の席まで身を乗り出している。

「僕は、弁当作ってきた」

「俺の分は？」

「あったらこわいだろ」

「そうだな。ぞっとするよ」

拓海はそう言って体を起こすと、

「売店行ってくんね」

と、一方的に告げて、後ろのドアから教室を出て行こうとする。戻ってくるから、待っていろということだろう。

その拓海と入れ替わりで、金髪の女子が教室に入ってきた。

のどかだ。

一瞬だけ咲太を見る。でも、すぐに、前のドアから出て行きそうだった卯月の背中に向き直った。

「卯月」

その声に、卯月がびくっとする。それから、「ごめん、学食、先行ってて」と友達五人を、廊下に送り出した。

一緒に授業を受けていた他の学生も昼食に向かい、教室には弁当箱を机に出した咲太と、ふたりのアイドルだけが残された。

「……」

「……」

教室の前と後ろ。距離を置いたままの卯月とのどかの間には妙な緊張感がある。

「さて、飲み物でも買ってくるかな」

空気を読んで、一旦、退室しようと思った咲太だったが、それはのどかの行動によって阻まれてしまう。

「まだ飲んでないから、これあげる」

教室の真ん中あたりに座る咲太のところまで来たのどかが、弁当箱の横にジュースのペットボトルを置いたのだ。少し前から麻衣がＣＭ出演している桃の炭酸ジュース。

同席してもいいと言うのなら、そうするまでだが……。

「えっと、のどかの用事って、こないだのことだよね？」

先に切り出したのは、卯月の方だった。

「……こないだって？」

急に言われたのどかは眉を寄せている。

「もちのろん、日曜日だよ」

卯月の口調は、「そんなの当たり前じゃん！」とでも言いたそうだ。

「……？」

だから、のどかが反応に困るのも当然だった。まさか、卯月の方からその件を持ち出されるとは思っていなかったはず。のどかたちの焦りや苛立ち、不安や心配が、卯月には伝わっていないと思っていたから……。少なくとも、昨日の時点ではそう話していた。

「ほんとごめん！」

　のどかの困惑をよそに、卯月は両手をぱんと合わせて拝むように謝る。

「私、全然みんなの気持ちわかってなかった。のどかが怒るのも当然だよ」

「……卯月？」

「今は、ばらばらでする仕事が増えて、グループの活動が減ってるもんね。それは私も嫌だから、ちゃんとメンバーで話さないと」

「そうなんだけど……あたしも、ごめん。言い過ぎたと思ってる」

「そんなことない。言ってくれたから、わかったんだし」

「うん……」

「そりゃあ、個人の仕事も大事だよ？　それでスイートバレットのことを知ってくれる人もたくさんいると思う」

「あたしも、そう思ってる」

「だけど、そのせいで、私たちがばらばらじゃあ意味ないもんね」

「うん……」

「だから、八重も、蘭子も、ほたるも一緒に相談しよう。今日のダンスレッスン、久しぶりにみんな揃うよね？」

「そのはずだけど……」

一体、自分は誰と話しているのだろうか。

のどかはそんなことを考えているのかもしれない。

筋道の立った話し方をする卯月の顔を、のどかは最後まで不思議そうに見ていたから……。

「のどか？　私、変なこと言ってる？」

反応が鈍いのどかの様子から、卯月は何かを察したのだろう。それこそがまさに、卯月に対する違和感の本質だ。相手に合わせて話を進めている。

「ううん。あたしがしたかったのはその話……」

どこかうわ言のようにのどかは返事をする。

「よかったぁ」

「うん……」

先ほどからずっと、のどかは心ここにあらずといった感じだ。

「のどか？」

今度もそれに気づいた卯月が怪訝な顔をする。

「なんでもない……今日、八重だけ撮影で遅れるみたいだけど、みんなで話そう。あたしから

連絡しとくから」

「うん！　お願い。あ、私、学食に友達待たせてるから行くね」

小さく手を振ると、卯月は鞄を持って教室を出て行く。すたすた歩くその背中はすぐに見えなくなった。

「……」

「……」

教室に残されたのは、狐に化かされたかのような置き所のわからない感情だ。疑問なのか、驚きなのか、そもそも本当の出来事だったのか……それすらもはっきりしない。だから、すっきりしない。もやもやした気分だけが取り残されている。

頭の整理ができないのか、のどかは卯月が消えたドアの向こうをじっと見つめている。そのまま動くのをやめてしまいそうだったので、

「よかったな」

と、咲太は声をかけた。

「……」

無言で、のどかが視線を向けてくる。顔には疑問が張り付いていた。

「よかったなって言ったんだよ」

「なにが？」

「仲直りできて」

「……うん、まあ、それは」

頷きはしたけれど、のどかの表情は冴えない。釈然としない気持ちで塗り潰されている。

「ってか、今のなに？」

思ったままをのどかが口に出してくる。言葉にするとしたら、咲太も似たようなものだっただろう。同じ立場だったら、「なんだありゃ」と言ったと思う。

「咲太、卯月になに言ったの？」

のどかの目は疑いの色に染まっている。

「なにも言ってない」

「ほんとに？」

「ほんとだ」

「じゃあ、なんで日曜日には全然伝わってなかったのに、今日になってこうなるのよ？」

「豊浜にわからないことが、僕にわかるかよ」

「はあ？」

「広川さんのことなら、豊浜の方がわかってんだろ？」

出会った時期も早ければ、同じグループのメンバーとして密度の濃い時間をともに過ごしてきたのだから。

「当たり前だっつーの！」

不機嫌な顔で、のどかが納得する。だからと言って、卯月に対する疑問と違和感が消えたわけではない。少し考えたあとで、

「さっきの本当に卯月だった？」

と、真面目な顔で聞いてきた。

「違うっていうなら、なんなんだ？」

「あたしの顔色窺いながらしゃべってた」

その言葉には、「そんなのは卯月じゃない」という強い想いが含まれている。

「そうだな」

「だって、それってさ……」

喉に何かを詰まらせたかのように、のどかが途中で言葉を止めた。口に出すのを、一瞬躊躇ったのだと思う。

「卯月、空気読んでたじゃん」

続きの言葉がそれだったから。

「だな」

本当にその通りなのだ。

いつもと何が違ったのか。

まさに、のどかが言った通り。

空気を読んでいた。

あの、卯月が……。

違和感の正体はそれなのだ。

「もしかして、あたしとお姉ちゃんのときみたいにさ」

目でのどかが訴えかけてくる。

「誰かと入れ替わってるってか？」

「うん」

「それにしちゃあ、スイートバレットの事情に詳しすぎただろ」

先ほどふたりが話していた内容は、関係者以外知りえない情報のはずだ。

「そうだけど……」

「仮に、なんらかの思春期症候群だったとして、これってなんかまずいのか？」

「そんなの……」

たぶん、のどかは「当たり前じゃん！」と続けようとしたのだと思う。だが、言い終える前に気づいたのだ。

卯月とは仲直りができた。

のどかが感情的になってしまった理由についても、卯月にわかってもらえた。

今のところ、困ったことはなにもない。

むしろ、いいことばかりではないだろうか。

それにのどかは戸惑っている。

しかも、卯月は咲太の前で、「今日は調子がいい」と言って笑い、「みんなと波長が合ってる」とうれしそうにしていた。

突然の変化に、のどかだけではなく、咲太も戸惑っていた。

「じゃあ、これでいいの……？」

のどかが口にした自信のなさそうな確認の言葉には、

「明日になれば、元に戻ってるかもしれないしな」

と、先送りの返事くらいしかできなかった。

3

結論から言ってしまえば、咲太の淡い期待も虚しく、翌日になっても卯月は正しく空気を読んでいた。

朝六時起きで支度をした咲太が、一限から大学に行くと、卯月は同じ学部の女子グループに違和感なく馴染んでいたのだ。

みんなと同じような服を着て、みんなと同じ話題をしゃべって、みんなと同じタイミングで笑い声を上げる。

それが咲太にとっては、違和感なのだが……。

昨晩遅くには、ダンスレッスンから帰ったのどかから、わざわざ家に電話があって、「卯月と一緒に、メンバーみんなでちゃんと話し合った」と報告を受けている。

スイートバレットとしての活動はもちろん大事。

個人の活動もがんばっていく。

今ある仕事をちゃんとこなすことが、グループの存在を広く知ってもらう唯一の方法だから。

それを五人で話し合ったことで、改めて結束力を高めることができたと、のどかの声は最初から最後まで明るかった。これまでは、卯月と話が嚙み合わないこともあって、価値観を共有しきれない部分があったのだ。それを、今の卯月ならわかってくれる。

困ったことに、状況はいい方向に転がるばかりだ。

実際、大学の友人と楽しそうに話す卯月の姿には安心感があった。一昨日までは、露骨に浮いていたから、危なっかしさというか、歯痒さのようなものを感じていた。それが今はまったくない。安心、安定のやり取りが続いている。

ただ、いざ卯月がグループに馴染んでいるのを見ていると、これはこれでむず痒くなるから困ったものだ。

そんな卯月の変化を、今日も周囲の学生たちが気にしている様子はなかった。恐らく、気になるほど、他人を気にしていないのだろう。それぞれに確立したテリトリーが安全ならそれでいい。他人を気にしないふりをしていると、いつしか本当に気にならなくなる日が来るのかもしれない。

咲太も、相手が卯月でなければ、気にしなかったし、気にならなかった気がする。

「なあ、福山」

隣に座ってきた拓海にそう声をかける。

「んー？」

なんとも眠たそうな声だ。目は半分くらい閉じている。

「今日の広川さん、どう思う？」

「かわいいと思うよ」

「他には？」

「かわいいと思うな」

「だよな」

「……なあ、梓川君よ」

話して眠気が覚めたのか、拓海はしっかり咲太を見てそう聞いてくる。

「んー？」

今度は咲太が眠たそうな声を返した。

「今の質問、なんて答えるのが正解よ？」

二日続けて同じ質問をしたから、さすがに疑問に思ったらしい。

「かわいいが正解だよ」

あくびをしながらそう返事をしておく。

「なんだそりゃ」

咲太の中にだって答えがあるわけではない。

それ以上何も言わない咲太の方を見ながら、拓海はますますわからないという顔をしていた。


一限、二限の授業を乗り越えた咲太は、昼休みになると学食に向かった。今朝も六時に起きて作った弁当があるのだが、今日から大学に来ている麻衣と、昼は一緒に食べる約束をしているのだ。

学食内は、すでに八割の席が埋まっていた。

混雑したフロアを見渡すと、窓際に席を確保した麻衣を見つけた。麻衣も気づいて小さく手招きしてくる。

咲太はトレイを持った学生たちの間をすり抜けて、麻衣がいる四人掛けのテーブルに近づいていく。すると、麻衣の真向かいに誰かが座っていることに気づいた。

咲太に背中を向けているが、その後ろ姿にはなんとなく見覚えがある。それもそのはずだ。麻衣と一緒にいるのは、つい先日、友達候補に昇格したばかりの美東美織だったから。

テーブルの脇まで行くと、「あ、梓川君、やっほー」とフランクに声をかけてくる。

一度、麻衣と美織を見比べたあとで、咲太は麻衣の隣に座った。

「二限の英語で一緒だったの」

尋ねる前にそう教えてくれたのは麻衣だ。

「麻衣さんが隣に座ったときは、心臓飛び出るかと思った」

その瞬間のどきどきを思い出したのか、美織が胸に手を当てる。

「美織は大げさ」

少し呆れたように麻衣が言葉を返す。

「いやいや、麻衣さんはもっと自覚持って。ね、梓川君」

自然な会話のラリーのあとで、美織が話を振ってくる。麻衣の視線も咲太の方へと注がれた。

そのふたりを今一度見比べたあとで、

「なんか、随分仲がいいですね」

と、咲太は率直な感想を口にした。

テーブルを見れば、ふたり揃って学食の名物丼を頼んでいる。すでにふたりのどんぶりは空っぽだ。ご飯粒ひとつ残っていない。席も広い場所を確保しているので、二限の授業が予定

よりも早く終わったのだろうか。咲太が来る前に話す時間が結構あったのかもしれない。

「梓川君、妬いてる？」

「麻衣さん友達作るの苦手だから、ちょっと意外で」

リュックから出した弁当をテーブルに広げる。

「誰がよ」

わざと怒ったような態度を取った麻衣が、咲太の弁当箱から玉子焼きを箸で奪っていく。

「英会話の授業、ペアを組んでずっと話していたおかげね」

そう言ったあとで、ぱくっと玉子焼きを食べた。「んー、美味しい」と口の中で言っている。

英会話の授業は、咲太も前期に受けている。日本語禁止の授業のため、パートナーとは一心同体。咲太の場合、拓海と話をする切っ掛けにもなった。

「あとは、スマホ持ってないって聞いて、咲太が話してた子だってわかったから」

「どうせ、から揚げ三つも食べた食い意地の張った女がいたって言ったんでしょー」

「そこまで話してないって」

「おかげで、麻衣さんとお近づきになれたから許してあげるけど」

美織は話を聞いちゃいない。

そんな経緯があるにしても、麻衣と美織は妙に親しげだ。すでに名前で呼んでいるのも、麻衣としては珍しい気がする。咲太も最初は「咲太君」だったのだから。

「美織の自己紹介で、ファーストネームで呼んでほしいって言われたときは、さすがにちょっと抵抗あったけどね。英語で話すときはそれで自然だったから」

「なんで、ファーストネーム？」

咲太が美織にそう聞くと、

「麻衣さんには、呼び捨てにされたいと思って」

と、間を置かずに理由が返ってきた。

「わかるなぁ」

しみじみ頷きながら、咲太は弁当を口に運ぶ。

すると、何も言わずに席を立った麻衣が、サーバーのお茶を持ってきてくれた。咲太の弁当箱の隣にそっと置く。

「麻衣さん、ありがと」

それに、麻衣は口元だけでやさしく微笑む。

「……」

それを見ていた美織は、なにやら目をぱちくりさせていた。

「どうしたの、美織？」

「……ふたりって本当に付き合ってるんだ」

まだ目をぱちくりさせている。よっぽど信じられないらしい。

「釣り合ってないとはよく言われるよ」

はっきり口に出す人間は少ないが、周囲の視線がそう語っているのを感じることは多々ある。珍しいことではない。お似合いですね、と本心から言われたことはないかもしれない。少なくとも大学で出会った友人、知人からは一度もない。

「ううん、そうじゃなくて、なんか距離感が自然で……とてもお似合いです」

畏まった美織は、どういうわけかちょっと恥ずかしそうだ。自分の言葉に照れたのだろうか。人を褒めるのは、変に構えてしまって意外と難しかったりもする。

「美織、ありがと」

そう言って麻衣が笑いかけると、美織はハートを撃ち抜かれたみたいにふやけて隣の椅子に倒れ込んだ。

「大丈夫か？」

一応、声をかけておく。

「もー、ダメ。わたし、今、恋に落ちた」

「この前も言ったけど、僕の麻衣さんはあげないからな」

「時々、貸してよ」

「ふたりとも、私は物じゃないわよ」

麻衣の言葉に、美織が少し緊張した表情で起き上がる。

「美東、気にしなくていいぞ。麻衣さんはこれくらいじゃ怒らないから」

「そうね。咲太はいつももっと生意気だものね」

再び、麻衣の箸が弁当箱に伸びてきて、冷凍のカニクリームコロッケを攫っていった。最近花楓がはまっているので、家にはいつもストックがある。

「あー、麻衣さん、それはせめて半分」

だが、咲太の制止の声は届かず、麻衣はぱくりと食べてしまう。

「……なんだろう、この感じ。わたし、まだここにいていい？」

咲太と麻衣を交互に見たあとで、美織が自信なさそうに聞いてくる。

「ぜひ遠慮してくれ」

「いいに決まってるでしょ」

咲太と麻衣の言葉が重なる。

「とりあえず、お茶おかわりしてくる」

間を取ったような選択をして、美織はコップを持って席を立った。空になっていた麻衣のコップを持っていくあたり、抜かりがない。

「美織って、ちょっと咲太に似てるわよね」

サーバーにコップを置いた美織の背中を見ながら、麻衣がそんなことを言ってきた。

「それ、美東に言ったら嫌がりますよ」

「咲太は嫌じゃないんだ。美織、かわいいもんね」

そこに、お茶をおかわりした美織が戻ってくる。

「なんの話？」

とんっとプラスチックのコップをテーブルにふたつ置いた。

「美東はかわいいって話」

「麻衣さん本当？」

美織は露骨に疑いの表情だ。どうやら咲太は信用されていないらしい。

「そうね」

「えっと、ありがとうございます」

麻衣の言葉は素直に信じて、美織が大人しく席に座る。照れ隠しに、ずずっとお茶をすすっていた。

一旦、会話が途切れたところで、咲太は最後に残っていた玉子焼きを口に入れた。箸をケースにしまって、弁当箱の蓋も閉じる。ランチクロスに包んで終了。

麻衣が持ってきてくれたお茶を飲んで一息つく。

なんとなく学食内を眺めると、ふたつ隣のテーブルに目が留まった。咲太たちが使っているのと同じ四人掛けのテーブル。似たような服を着て、似たようなメイクをした四人の女子が座っている。テーブルの食器を見た感じでは、頼んでいる料理も一緒だ。

「高校は楽だったなぁ」

突然、そんなことを言い出したのは美織だ。

「ん？」

咲太が疑問の視線を向けると、美織もふたつ隣のテーブルを見ていた。

「制服あったから」

「あー」

どうやら、咲太の視線の意味に気づかれていたらしい。だったらいいかと思い、咲太は再びふたつ隣のテーブルに視線を戻した。よく見ると、その奥のテーブルにも、殆どお揃いの服を着た二人組がいる。

学食内を見渡せば、そうしたテーブルはひとつやふたつではない。トランプのポーカーで言うところのフラッシュやフルハウス、フォーカードに、スリーカード、ツーペアやワンペアまで数えるときりがない。

「あれって、相談して決めてたりしないよな？」

「そんな面倒なことする人いる？」

毎朝、友達に連絡して、今日はこの格好で行こうね……などとやる人間がいるとは、さすがに咲太だって思ってはいない。

「いないだろうな」

ただ、偶然お揃いになるにしては、不自然にお揃いが多い気がする。見方によっては、偶然が重なりすぎて、ちょっと不気味だ。

「わたしも、毎日服は悩むなぁ。ダサいって思われるのは嫌だし、あの子がんばりすぎって笑われるのも嫌だから」

その美織は、ワンピースの上にカジュアルなデニムのシャツを被せている。ワンピースだけだとがんばりすぎだから、シャツ一枚で甘さを抑えているということだろうか。

隣のテーブルを見れば、美織と同じコーディネートの女子がいた。

「梓川君だってさ」

そう言って美織が視線で意識させたのは、咲太の斜め後ろに座っている男子二人組。紺色のアンクルパンツに、上は長袖のTシャツ。咲太とまったく同じ格好だ。黒色のリュックサックまでぴったり一致している。

美織が何を言いたいのかは聞かなくてもわかる。

「僕の懐事情にあった店に行って、マネキンが着てる服を買うとこうなるんだよ」

「わたしのこれもマネキンのやつ」

自分の服を軽く指で摘んで、吹き出すように美織が笑う。

「昨日着てたのは、『秋　大学生　コーデ』で検索したやつだし。買うお店も、見るサイトも同じだったら、そりゃあ同じになるんじゃない？」

「まー、そーかも？」

「それに、みんなと一緒だったら、笑われないし……わざわざ違う格好はしないよ。高校じゃあ、スカート短くはいて、ネクタイかわいく結んで、ソックス変えてさ。みんな必死に個性出そうとしてたのにね」

過去を振り返って、美織が苦笑いを浮かべる。

だが、人間そんなものかもしれない。自由にしていいと言われると、自分を問われる気がして萎縮するのだ。誰かに決めてもらったことに乗っかっているうちは、その誰かのせいにできる。だけど、自分で決めたこととなれば、言い訳もできなくて、逃げ道もなくなってしまうから。

「美東ってスマホは持ってないのに、検索はするんだな」

「家にパソコンがありますから」

威張ることでもないのに、美織は腰に両手を当てて胸を張る。どうやら、ネットが嫌いというわけではないらしい。

「麻衣さんは、服、どこで買うんですか？」

黙ってやり取りを見守っていた麻衣に話を振ったのは美織だ。

「私？」

「いつも、服、かわいいので教えてほしいです」

「確かに、いつも、麻衣さんはかわいいな」

今日の麻衣は、襟のついたブラウスの上に、ニットのベストを着ている。下はロング丈のスカート。髪は緩く編み込んだふたつのおさげにして、両肩から前に垂らしている。伊達眼鏡をかけた全体の雰囲気は、文学少女という感じだ。

一歩間違えると、野暮ったくなりそうな格好にも思えるが、麻衣は大人っぽく綺麗に着こなしている。

「最近は、撮影で着た衣装を、スタイリストさんから買い取ってるのが多いわね。今、着てる服もそうだけど」

「真似できないやつだぁ」

美織ががっくり肩を落とす。

「まあ、真似できても、わたしは麻衣さんじゃないから、似合わないだろうけどさ……」

今度はひとりでふてくされている。

「意外となんとかなるぞ」

「なんで、梓川君にわかるの？　着たの？」

「ああ」

「変態だ」

「僕の妹がな。麻衣さん、よくおさがりをくれるんだよ」

意外に身長が高い花楓は、麻衣のおさがりを着られるのだ。七五三っぽく、着せられている感じになることもあるが、概ねなんとかなっている。

「妹さん、いいな。わたしも梓川君の妹に……は、なりたくないけど、いいなぁ」

「本音が出てるぞ」

「そう言えば、これ、なんの話だっけ？」

咲太の言葉は聞き流して、美織が思い直したように問いかけてくる。

「美東が急に、高校は制服があってよかったなあって言い出したんだよ」

「咲太が向こうを見てたからでしょ」

麻衣がちらっと見たのは、話題の発端になった女子グループだ。

「そうだった。ああいうの気にするってことは、梓川君、なんかあったの？」

「なんかってなに？」

「なんかはなんかだよ」

「ただ、なんとなくだよ」

咲太がまさになんとなく視線を逸らすと、美織は「ふーん、なんとなくか」と言ってひとまず納得してくれた。ごまかしたことを追及してきたりはしない。

その前に、休み時間の終了が近いことを知らせる予鈴が鳴った。学食でくつろいでいた学生たちが、がやがやと動き出す。

「わたし、図書館に本返すから先に行くね」

　一番に美織が立ち上がる。

「食器、片付けとくよ」

　遅れて立ち上がった咲太は、美織のトレイに手を伸ばした。

「あ、ごめん。ありがと」

「また、来週の授業でね」

　麻衣の言葉に、「また」と手を振って美織は学食から出て行った。

　その背中を見送ってから、食器を返却口に戻す。

　麻衣と一緒に外に出ると、並んで本校舎の方に足を向けた。

「咲太、午後の授業は？」

「サボって麻衣さんとデートしたいなぁ」

　並木道から見上げる空は青く高い。

　絶好のデート日和だ。

　数日前まではまだ暑いと感じる空気だったが、今日は秋らしい涼しさがある。

「四限まであるなら、一緒に帰ってあげるわよ」

「三限までだけど、塾の準備しながら、麻衣さんを待ってます」

「そう？　でも、今日、塾のバイトなんだ」

ただ、卯月の件に関しては、なんらかの思春期症候群だと言われた方が納得できるのも事実。それほど、卯月の態度には違和感があった。

「仮に思春期症候群だったとしても、彼女は自分の天然に悩んでたわけじゃないんでしょ？」

「まあな」

もちろん、悩んでいた時期もあったはずだ。同級生と話が嚙み合わず、仲良くなれず、気が付くと孤立している。中学、高校ではそんな状態だったと卯月本人から聞いたことがある。

だが、咲太と出会う前……全日制の高校を中退して、通信制高校に通うようになる過程で、卯月は克服した。

自分の幸せは自分で決める。

そう助言してくれた母親に勇気づけられて……。

そんな卯月だから、人と同じことができない自分に悩んでいた花楓の道しるべとなってくれた。花楓の勇気になってくれた。おかげで、花楓はすっかり卯月のファンになっている。

「だったら、彼女には思春期症候群を起こす理由がないように思えるけど？」

「そうなんだよな」

理央に相談しても、やっぱりたどり着く答えは同じだった。問題がない。そこに問題を感じてしまう。でも、問題がないから、問題ない……。これでは禅問答だ。

「すっきりしないって顔だね」

「そりゃあな。ただ、空気を読んでるだけならいいとして……服装まで急に周りと一緒になると、ちょっと気味悪くないか？」

丁度、店の奥のテーブルに、似たような雰囲気でまとまった女子大生の三人組がいる。膝くらいの長さのスカートに、上品な印象のブラウス。肩にかかるくらいの髪はふんわり内向きにカールしている。頬をほんのりお風呂上がりのような感じに染めたメイクで、楽しそうにおしゃべり中だ。合コンの反省会……というよりは、期待外れだった男子たちのダメ出しをしているのが聞こえてくる。

「それこそ、梓川の新しくできたかわいい女友達が言ってた通りなんじゃないの」

素っ気ない態度で、理央がコーヒーカップに口をつける。その唇は、ほんのり色づいている。控え目ではあるが、理央も大学に入ってからはメイクをするようになった。

「一応、まだ友達候補だよ」

「かわいいのは否定しないんだ」

「んで？」

これ以上突っ込まれる前に話を進めた方がよさそうだ。

「毎日似たような情報に触れていたら、直接的なやり取りを挟まなくても、情報は共有されて、みんなだいたい一緒になるって話。そういう社会性が人間には備わっているんだろうね」

他人事のように理央が言う。ただ、その認識にこそ、咲太は引っ掛かりを覚えていた。

「それって、見ようによっては量子もつれに似てないか？」

その状態にある粒子同士は、何の触媒も介さずに、一瞬で情報を共有して同じ振る舞いをするようになる。そう教えてくれたのは理央だ。

「結果だけ都合よく解釈すれば、似てる……くらいには言えるかもね」

コーヒーカップから顔を上げた理央が、それとなく横目に奥のテーブルを捉えた。

「たとえば、量子もつれの状態にあるコミュニティがあったとする」

見ているのは、合コン帰りの女子大生三人組だ。

「あるな」

「そこに、あとから量子もつれの状態にない友達が合流したとする」

タイミングよく「ごめん、待った？」と言って、女子大生たちのテーブルに友達がひとり遅れてやってきた。合コンが空振りで、時間を持て余して友達を呼んだのだろうか。その彼女だけミリタリー系のブルゾンを着て浮いている。

「合流したな」

「その、あとから来たひとりが、何かの拍子に量子もつれの状態に巻き込まれた場合、その時点で情報は共有化されて、コミュニティと一体化をするわけだから、梓川の言いたいこともわからないではないよ」

遅れて合流した女子大生は、席に座るなりミリタリー系のブルゾンを脱いだ。すると、最初からいた三人と似たような格好になる。

まさに、情報が共有化されて、ひとつのグループとして一体化してしまった。

単に、みんなが空気を読んだ結果。

そう言われてしまえば、確かにそれまでだが、空気を読んで、大学生らしさをわきまえて、その場のTPOを守って……それだけで、髪型やメイク、服装があんなにも似るものだろうか。打ち合わせなしにこれができる大学生には、何か特別な能力や才能が備わっているようにさえ思えてくる。

「でも、だとすると、今回のケースはそっちなのかもね」

「そっちってどっち？」

「これが思春期症候群だったとして……思春期症候群を起こしているのは広川卯月ではなく、彼女以外の空気が読める大学生全員だってこと」

さらっと理央がとんでもない考えを口にする。

ただ、不思議と納得感はあった。奥の席の女子大生をたとえにした説明に当てはめると、理央の発言は話の筋道が通っている。

「無意識に情報を共有して、普通とか、みんなとか、そういう平均化された価値観を生み出す思春期症候群とでも言えばいいのかな。もしくは、それを実現させる量子もつれのような性

質を持つ、無意識なネットワークが思春期症候群により形成されている」

「大学生全員で？」

「そう、大学生全員で」

本当にとんでもない考えだと思う。途方もない。スケールが想像していたのよりもずっと大きい。だけど、どこの大学に行っても、似たような学生グループは存在するし、似たような格好で、似たような価値観を持って、同じように振る舞っているのは事実だ。

何より、卯月とは違い、思春期症候群を起こす理由がある。

それこそ、美織が言っていた通りなのだろう。

高校まで制服の存在が高校生であることを証明してくれた。クラスという、ひとまずの居場所が用意されていた。

だが、大学は違う。制服もなければ、クラスもない。自分を形作っていたものを取り上げられてしまったから、無自覚に、無意識に、大学生のあるべき姿を求めてしまう。そうした漠然とした不安の集合体が、理央が言う『普通』であり、『みんな』という見えない存在のことなのだろう。

「思春期症候群の正体が、そこにあるなら、彼女が巻き込まれる理由はわからないでもないからね」

「づっきーはづっきーだからな」

卯月は卯月らしく生きている。アイドルをして、TVに出演して、ファッション雑誌なんかにも載って……それらは、自分らしさに迷っている他の大学生から見れば、眩しい存在であり、眩しいから苦手で、目を背けたくなる存在でもあるはずだ。

だから、呑み込んだ。

集団の中に……。

「この先、こういう話は、むしろ、梓川の領分になるんじゃないの？」

「どの辺が？」

「統計科学ってその辺の分析とかするんでしょ？」

「一年目は、一般教養と基礎数学ばっかだよ」

専門分野の授業はまだ何も受けていない。統計も科学も統計科学もやっている感じが今のところはなかった。

「ま、でも、今回に関して言えば、今話してきたことも、たいして意味はないかもね」

「そうなのか？」

理央のおかげで、状況の見方はだいぶ変わったのだが……。

「梓川もわかっているんでしょ？　何かあるとしたらこれからだって」

その言葉を、理央はゆっくり吐き出した。

「まあな。そうだろうとは思ってる」

理央は全部お見通しだ。

「急に空気が読めるようになったら、色々と気が付くこともあるだろうからね」

「いいことも、悪いこともな……」

「それが彼女を変えてしまうかもしれないから、梓川は心配してるんだ？」

「ファンとして当然だろ？」

卯月の姿勢に救われたのは花楓だけじゃない。花楓の力になってもらって、咲太も助けられた。のどかの言葉を借りれば、卯月にはみんなを笑顔にする力がある。それは、本当だと思う。だから、彼女の輝きが曇ってしまうのを見たくはない。

そういう風に思える友人のひとりなのだ。卯月は。

ただ、咲太の願いとは裏腹に、状況は変わりはじめている。

卯月は空気を読めるようになった。

空気を読めるようになったことで、いつか気づくだろう。

空気を読めなかった自分が、今まで周りからどんな目で見られていたのかに……。

「浮気がばれないように気を付けなよ」

冗談とも本気ともつかない口調の理央は、店内の時計を視界に入れていた。すでに、店に入ってから一時間近くが経過している。今は、午後十時二十分。

「花楓のやつ遅いな」

一緒に帰るから待っているように言われたのだが、一向に着替えて出てくる様子がない。

「僕は店の奥を見てくるから、双葉は先に帰ってくれていいぞ」

「そう？　じゃあ」

理央は食べた分のお代をテーブルに置くと、「また塾で」と言って店を出て行った。

理央を見送ったあとで、咲太は店長に声をかけて会計を済ませた。

それから、花楓を捜しに店の奥に入る。

キッチンカウンターの前を横切ってさらに進むと、休憩スペースの中から話し声が聞こえてきた。女子がふたり。どちらも聞き覚えのある声だ。

中を覗くと、思い描いた通りのふたりがいた。花楓と朋絵だ。ふたりともまだウェイトレスの制服のままで、花楓が持ったスマホを一緒に見ている。

「さっさと着替えろー」

「あ、先輩」

気づいた朋絵が振り返る。

「お兄ちゃん、これ見て。卯月さんがすごいことになってる」

「は？」

まったく意味がわからない。確かに、卯月は妙なことになってはいるが、その件について

花楓は知らないはずだ。

「いいから、早く」

「早くしてほしいのは僕の方なんだけどな……」

早く着替えてもらって、早く帰りたい。

「ほんとにすごいの！」

顔の前に突き出されたスマホの画面に仕方なく目を向ける。

映し出されていたのは、前に拓海が見せてくれたワイヤレスイヤホンのＣＭだ。

若い女性がアカペラで歌い、その曲が霧島透子のカバーでもあることから、ちょっとした話題になっているらしい。

しかも、歌っている女性は口元から下しか映っておらず、「あのＣＭで歌っているのは誰だ？」という点でも、視聴者の興味を引いているのだとか。先日、拓海が教えてくれた話だ。

顔が見えそうで見えない感じは、確かに気になると言えば気になる。

咲太も最初見たときに気になった。

もう少しカメラが上がれば……というところで、ＣＭは途切れて終わってしまう。だが、今、咲太が見ている動画はそれよりも尺が長くて、三十秒が経過しても続いていた。

歌がラストのサビに入る。

より繊細に、より力強く歌い上げていく。

カメラは胸元から首へ、首から口元へと上がり……歌が終わると同時に、見えていなかった女性の素顔を映し出した。

おでこに滲んだ汗。

熱唱により紅潮した頬。

充足感に満たされた笑顔の女性を、咲太は知っていた。

今日も大学内で見かけたばかり。

どこからどう見ても卯月だ。

「今日、新しいバージョンが公開されたばっかりなのに、百万回再生超えてるんだよ？」

興奮した様子で花楓が教えてくれたが、それがどれくらいすごいのかはよくわからない。ただ、すごいことだけはわかる。

再生回数というよりも、ＣＭの演出と綺麗で力強い歌声に、体がぞわっと反応した。そういう理屈では語れない凄味が画面からは伝わってきたのだ。

何かを感じたのは咲太だけではないらしく、ＣＭ動画には多くのコメントが寄せられている。

——これって、クイズ番組に出てる天然の子だよね？

——歌とか歌うんだ

——こう見ると美人

——なんかすげえ

——歌、まじうま

——づっきーの時代が来るな

卯月を知っている人もいれば知らない人もいる。

共通しているのはＣＭを通しての卯月への強い興味。

その人々の感情のうねりには、何かが動き出しそうな熱量と確かな予感があった。

5

一夜が明けた木曜日。十月六日。

大学に向かう途中、咲太が横浜駅で京急線に乗り換えると、赤い電車の中で卯月にばったり遭遇した。とは言っても本物の卯月ではなく、中吊り広告に載った写真の卯月だ。

少年漫画雑誌の表紙を単独で飾っている。

片足を胸に引き寄せて座ったくつろいだポーズ。ぶかぶかのセーターからは片方の肩がこぼれていて、白い素肌の上を流れ落ちる黒髪がなんだか妙に色っぽい。でも、オレンジをかじった表情はきょとんとしていて、年相応のかわいらしさが見えた。恋人だけに見せる素の表情といった感じ。

なかなかいい写真だと思う。花楓への土産に雑誌を買って帰ろうか。

そんなことを考えながら、なおも卯月の写真を見ていると、

「お兄さん、見すぎ」

と、後ろから声をかけられた。

振り向くと、帽子を被ってマスクをつけた女性が立っていた。

本物の卯月だ。

「どうせなら、本物を見るか」

卯月の方に向き直る。

けれど、こちらの卯月は両肩がしっかり洋服にしまわれている。露出が少ない。色っぽさが全然足りていない。

「やっぱり、あっちの方がいいか」

中吊り広告に視線を戻す。ダンスで鍛えられた健康的な素肌は、生き生きとした色気があってずっと見ていられる。

「そ、そんなに見るの禁止」

恥ずかしそうに卯月が腕を引っ張って咲太の向きを変えてくる。なんとも珍しい反応だ。以前は、水着グラビアが載った雑誌を咲太が持っていても、「どう？　どう？」と、むしろ、ぐいぐい聞いてきたくらいなのに。

素直に恥ずかしがられると、いけないことをしている気分になってくる。もっといじめたい

衝動に駆られてしまう。そのことがのどかに伝わると面倒なので、咲太は本物の卯月に視線を戻しておいた。

話すことなら色々とある。

「最近、調子いいんだな」

「うん、おかげさまで」

「ＣＭもさ」

「お兄さんも見てくれたんだ」

その話題に、卯月の声は少し小さくなった。

「昨日、花楓が騒いで教えてくれたよ。すごいことになってんだろ？」

「そうみたい。今朝もマネージャーから連絡あって、大学行くときは気をつけろって」

だから、普段は素顔丸出しの卯月が、今日に限っては帽子とマスクを着用しているのだ。

変装の効果もあってか、今のところ周囲の乗客が卯月に気づく様子はない。ただ、咲太同様、中吊り広告の卯月に気づいて、しばらく見ている乗客は何人かいた。明らかに、昨日のＣＭを受けての反応だ。

ドアの脇に立った女子高生の二人組もそう。

「ねえ、あれ、昨日の」

「あ、ＣＭの！」

「そうそう、名前なんだっけ？」

「待って、調べる」

と、スマホを出しながら話しているのが聞こえてきた。

以前の卯月だったら、自分から話しかけて自己紹介をしていてもおかしくないシチュエーションだ。いきなり声をかけられて戸惑う相手のことなど気にせずに、卯月は自分のペースで力強く握手をしていたと思う。でも、今の卯月はぴくりとも動かなかった。

背筋をぴんと伸ばして緊張しているだけだ。

「そうそう、広川卯月だ」

「これ、ほんとかな？　大学、横浜の市立って書いてある」

「じゃあ、この電車使ってる？」

「えー、そのうち会えるかな？」

なおも続くやり取りに、卯月の瞳は戸惑っている様子だった。

そこに流れてきた車内アナウンスが、女子高生たちの会話を一時的に遮る。次は上大岡だと教えてくれた。

「次で一旦降りて、隣の車両に移ろうか」

咲太が小声で話しかけると、卯月は最初わからないという顔をした。だが、すぐに咲太の言葉の意味を理解したのか、目を一瞬大きく開いてから、「うん」と首だけで頷いた。

上大岡駅で一度ホームに降りて車両を移った咲太と卯月だったが、移動した車両でも卯月のCMの話をしている高校生たちがいた。今度は男子三人。

「まじ歌うめぇ」

「しかもかわいい」

「お前、今日雑誌買えよ？」

「お前買えって」

と、朝から盛り上がっている。というか、盛っている。

そのため、次に停車する金沢文庫駅でも一旦降りて、咲太と卯月は念のためさらに隣の車両に移っておいた。

「なんか秘密のデートっぽいね？」

卯月はどこか楽しそうだったが、麻衣の彼氏である咲太としては、地味にはらはらしたというのが本音だ。

今、卯月と一緒にいるのが見つかると、事実など関係なく彼氏扱いされて、おかしなデマがばら撒かれてしまうかもしれない。二股疑惑なんて流されたらたまったものではない。

そんなわけで、大学がある金沢八景駅に到着すると、「ふ～」と安堵のため息が無意識にこぼれた。

改札を出て駅の西側に繋がる階段を下りていく。

この時間にこの道を歩いているのは殆どが同じ大学に通う学生だ。あとは教職員くらい。

「それにしても、すごい影響だな」

ここまでわかりやすく世の中が反応するとは、昨日の段階では思っていなかった。

「そうだね」

卯月は咲太の困惑に同意しながらも、そこまで困っている様子ではなかった。それもそうだろう。卯月にとっては積み重ねてきた活動が、ひとつの成果に結びついただけの話。ようやく、一気に人気者になるチャンスが到来したのだから、抱く感情は前向きなものに決まっている。電車に乗りづらくなることくらいは、大きな問題ではない。

「これなら、甲子園まで一直線だな」

「それは野球だよ、お兄さん」

「目指せ、国立だっけ？」

「それはサッカー」

「花園？」

「ラグビー」

「わかった。両国だな」

「ちょっと惜しいけど、それは相撲」

卯月は最後まで的確に突っ込んできた。咲太がボケているのをわかってくれている。ノリを合わせてくれている。以前のように、「なんで、甲子園？」とか普通に疑問を返されて、話が嚙み合わないということがない。ボケた内容のどこが面白いのかを、説明させられることが度々あったのに……。

「私たちが目指しているのは武道館ね」

わかっていると思うけど、と卯月が付け足す。

「その武道館も、近づいたんじゃないか？」

「んー、それはどうかな」

卯月の声に真剣さがこもる。マスクをしているから微妙な表情の変化まではわからないが、真っ直ぐ前を見る目元には、何かに対する厳しさを感じた。

アイドル業界の事情に詳しくない咲太にはよくわからないが、卯月の雰囲気から武道館が特別な場所なのは伝わってくる。少なくとも、今の卯月にとっては、冗談でも「行けるね、絶対」と言えない場所のようだ。そういう言葉の選び方を卯月はしていた。

「ちなみに、なんで武道館なんだ？」

「私はみんなと目指すなら、どこでもよかったんだけどな」

「そうなのか？」

「お兄さんには、前話したよね？」

「なにを？」

「私、中学に上がったくらいから、友達できなかったって」

「聞いたな」

「だから、一緒にいてくれるスイートバレットのメンバーは私にとって特別な……友達以上の存在なの」

どれくらい特別なのかわかるのは卯月だけだ。だから、咲太はあえて何も言わなかった。わかるとも、わからないとも言えない。

「愛花と茉莉は先に卒業しちゃったけどさ。残ったみんな……のどかと、八重と、蘭子と、ほたると一緒に、武道館に立ちたいんだ」

卯月は最後にもう一度「一緒に」と呟いた。大事なのはメンバーと一緒であること。それが強く伝わってくる。

その目標のために、今回のＣＭのヒットが、卯月たちの追い風になることは間違いないだろう。一歩どころか、三歩か四歩は前進したはずだ。

ただ、見方を変えると、卯月のソロデビューを模索しているという事務所の方針にも、多大な影響を与えている気がする。ＣＭに出演しているのは、卯月だけなのだから……。

何か仕掛けるなら、注目を集めているうちがいいに決まっている。

実際、こうして卯月と並んで歩いていると、世の中が卯月に注目しているのがよくわかる。

先ほどから周囲を歩く学生たちからも、ちらちら見られていた。気にしてない風を装った視線を感じる。

卯月もそれに気づいているから、なるべく前だけを見て歩き続けているのだ。

「半分はお兄さんだよね？」

「なにが？」

「見られてるのって」

大方、『桜島麻衣』のみならず、なんであいつは『広川卯月』とも仲がいいんだとかいう理由で、羨ましがられているのだろう。

「でも、私はお兄さんに会えてよかったな」

「突然の告白はうれしいけど、僕には麻衣さんという心に決めた人がいるから、ごめん」

「ふられたー。今のは、出会えてよかったじゃないから。今朝、電車の中で会えて助かったっていう意味のよかっただから」

もちろん、そんなことはわかっている。咲太がわかっていることを、今の卯月も当然わかっている。全部わかった上で、面白がってわざわざ一から十まで説明したのだ。

「お兄さんって意外と面倒でいじわるな人だったんだね」

「今頃気づいたか」

「うん、ちょっと前まで全然わかってなかった」

そんな話をしながら正門を通り抜ける。

大学内の並木道を進んでいくと、周囲から向けられる視線や意識は一段と増した気がした。今は、一限と二限の間の休み時間。二限から出てきた学生と、一限の教室から二限の教室に移動する学生が数多く行き交っている。

ここが別の場所だったら、卯月の存在に気づく人間はもっと少なかっただろう。ここに通う学生たちは知っているのだ。広川卯月が自分たちの同窓だと。

大学にいるかもしれないと思っていれば、自然と気づく機会は増えていく。帽子とマスクの効果も、大学の敷地内ではだいぶ薄れていると感じた。

「明日は眼鏡もかけてこようかな」

「髪型アレンジすると、ばれにくいって麻衣さん言ってたぞ」

「あー、なるほどね」

今も卯月は誰のことも意識しないように、真っ直ぐ前を見て歩いていた。周囲の反応をしっかり把握している。この場の空気を読んでいた。

その卯月の目が、一瞬だけ並木道の脇に逸れる。

休講の案内や、就職セミナーの情報が掲載された掲示板がいくつも並んだ場所。その端の方……サークル勧誘のポスターが貼られた掲示板の前で、ひとりの女子学生が通りかかる学生たちに声をかけている。

「学生ボランティアに興味はありませんか？」

その女子学生を咲太は知っていた。

赤城郁実だ。

「まだ立ち上げたばかりの団体なので、一緒に活動してくれる方を募集しています」

そう語りかけながら手に持った紙の案内を差し出している。だが、誰かが受け取る気配はない。

おしゃべりに夢中だった女子学生ふたりは郁実の前を素通りして、ワイヤレスイヤホンをしている男子学生は、軽く手をかざして断っている。

「今は不登校児童の学習支援を行っています。まだまだ人手が足りない状況です」

淡々と、でも、声はきちんと出して郁実は粘り強く声をかけ続けている。

それでも、足を止める学生はやはりひとりもいない。何かしらの反応を示したとしても、郁実の前を通り過ぎたあとで、「ボランティアだって」と小声で振り返り、一緒にいた友人と目を合わせて微かに笑うくらい。

彼女たちの瞳は、「すごいね」、「意識高いなぁ」と語り、自分たちの価値観の中で、何が上で、何が下なのかを確認し合っていた。

その答え合わせに満足すると、もう郁実には見向きもしない。どこかのカフェの店員がイケメンだとか言いながら、本校舎の方へと消えていく。

その後も、誰も郁実の前で立ち止まらないし、誰も興味を示さない。

それでも、郁実が声を出し続けていると、ひとりだけ足を止める人間がいた。

咲太の隣で……。

郁実に声をかけられたからではない。

卯月は郁実から十歩以上離れた位置にいたから……。

突然立ち止まって、卯月は郁美を見ていた。

素通りしていく学生たちを見ている。

郁実から距離を置いている学生たちの小さな笑いに、卯月の横顔は気づいていた。

半開きになった卯月の唇は小さく震える。わずかに下がった目尻には、どこか切なさのようなものが滲んでいた。

「ねえ、お兄さん」

「……」

呼ばれた咲太は無言のまま卯月の次の言葉を待った。

卯月が何を言うのか、咲太にはなんとなく想像がついていたから。

この時がいつか来ると思っていたから。

できることなら、やりたくない答え合わせだった……。

それでも、卯月は口を開くことをやめない。

気づいたからには、言わずにはいられない。
マスクを外した卯月が咲太を見ている。
「私も、みんなに笑われてたんだ」
表情を少しも変えずに、卯月はそう呟いた。
咲太に返す言葉など何もない。
だから、瞬きをするように、小さく頷いた。

第三章　Social World

1

「オリオン座の一部で、超新星――」

問題の途中で誰よりも早くボタンを押したのは卯月だった。回答権を得たことを示すランプが卯月の席に灯る。

「はい、づっきー」

クイズ番組の司会を務める男性芸人が回答を促すと、

「ベテルギウス！」

と、卯月は自信満々に答えた。

一瞬だけ間を置いて、正解のベルが鳴る。

「問題は、『オリオン座の一部で、超新星爆発が近いと言われている星の名は何？』でした」

番組アシスタントの若い女子アナが問題文を最後まで紹介する。

「づっきー、今日どうした？」

大げさに驚いた様子で卯月に声をかけたのは、四十代後半の司会者だ。目を大きく見開いている。

卯月はこれでノーミスの三連続正解。いつもは珍回答を連発している卯月だけに、本気で驚

いている司会者の気持ちはわからないでもない。

「最近、調子いいんです！」

「いやいや、番組的には調子悪いよ？　俺、今日の視聴率心配だなぁ」

「これからもばんばん正解しますよ！」

意気込む卯月に、「やめてくれる？」と司会の男性芸人は嘆いていた。

全部、ＴＶの中の出来事だ。

——私も、みんなに笑われてたんだ
あの一言からすでに十日が経過した。

今日は十月十七日。月曜日。

この番組の収録日がいつだったのかはわからない。だが、番組内で卯月が出演するＣＭの話題に触れていたところを見ると、あの日以降なのは間違いないだろう。

日付の整合を取らなくても、空気を読んで回答する卯月の態度の変化がそれを物語っている。

「づっきー、これからはアーティスト的に売っていくの？」

冗談の雰囲気で、司会者が茶々を入れる。

「今が売り時ですからね！」

空気を読んだ卯月の返しがはまって、どっと笑いが起きる。

「ほんと、どうした、づっきー！」

演技ではなく、司会者は純粋に驚いていた。

「でも、これはこれで面白くなってきたから、いいのか？」

そうしたやり取りを、一緒に番組に出ているのどかは作った苦笑いで聞いている。卯月を横目に映したのどかの表情が一瞬だけ曇ったのを、咲太は見逃さなかった。

のどかが何を思ったのかはわからないが、何かを思って、何かを考えているのはわかる。それが卯月の態度の変化に関係しているのは明白だ。

そんな番組の様子を、咲太は塾の職員室で見ていた。

数学の授業も無事に終わり、山田健人と吉和樹里の学習状況の日報をつけていたら、奥のソファ席で塾長がＴＶをつけたのだ。

「この広川卯月って子、面白いよねえ」

後ろにいた咲太に、塾長が声をかけてくる。

「そうですね」

番組は卯月の活躍もあって、卯月が参加するチームが勝った。賞金百万円をかけたボーナスチャレンジは残念ながら失敗に終わり、番組はエンディングを迎える。

「それでは、また来週ー！」

司会者の声を合図に約二十名の出演者たちが一斉に手を振る。

その雰囲気を咲太は耳だけで聞いて、日報を書き終えた。

ＴＶに視線を戻すと、すでに次の番組がスタートしている。

卯月のあの一言が、咲太の周囲に劇的な変化をもたらしたかというと、もちろん、そういうわけではない。

咲太も、世の中も、それまでと変わらない平穏な生活を続けている。少なくとも、この十日ほどは、平穏が続いていた。

卯月にいたっても、日常生活の面では特に変わった様子はない。仕事がない日には大学に来ていたし、友達の輪に混ざって、馴染んで、一緒になって笑い声をあげていた。

今日も、スペイン語の授業で一緒になったが、表面上、目立った違いは見当たらなかった。

むしろ、理央の話を聞いたあとだと、同じような服装で、同じような行動を取り続ける大学生たちの方が、咲太の目には不自然なものとして映った。これが本当に、大学生全員を巻き込んだ思春期症候群なのだとしたら、空恐ろしいものがある。

前の席の男子学生とばっちりお揃いの服を着た咲太も、知らず知らずのうちに、囚われているのかもしれないのだから……。みんなとか、普通とか、そういうものを無意識に認識して、無自覚にその一部に染まっていく思春期症候群に……。

「授業中、ずっと広川さんのことを見てたけど、浮気？」

授業が終わったところで、美織にそう話しかけられた。

「今日の、づっきー、どう思う？」

ついでと思って美織に尋ねると、

「別に普通なんじゃない？」

と、返ってきた。おかしな質問をした咲太の方が、変な目で見られる始末だ。

とは言え、本当に何も変わっていないわけはないのだ。

卯月は気づいてしまったのだから。

空気を読めなかった自分が、大学の友人たちからどう思われていたのかに……。

いまいちぱっとしないアイドルをやっている自分が、どんな風に見られているのかに……気づいてしまった。

だから、卯月の中では、何かしらの変化が起きているはずだ。それなのに卯月は、何事もなかったかのように過ごしている。自分を笑っていた大学の友人たちと一緒に行動して、楽しそうにおしゃべりをして、昼を一緒に食べていた。

その光景を、めでたしめでたしという気持ちで眺めるのはちょっと難しい。

こんな状況が、この先もずっと続くとは思えない。誰も無理をしないで、現状を維持できるのなら何の問題もないが、卯月を取り巻く環境は、彼女の無理によって成立しているのが歴然としていた。

我慢は蓄積して、いつか爆発するものだ。

それがわかっているのに、事前に止める手立ては何もないのがもどかしい。そんな、すっき

りしない十日間を咲太は過ごしていた。

「じゃあ、お先に失礼します」

席を立って、塾長に挨拶をする。

「また次回の授業もお願いね、梓川先生」

「はい」

咲太は背中で返事をして、塾講師の制服を脱ぎながら更衣室に入った。制服をロッカーに戻して、リュックサックを回収する。

「さて、帰るか……」

塾に残ってやれることは何もない。咲太が考え込んだところで、卯月が抱える問題をどうにかできるわけでもない。結局は、何か起きたときに、できることをやるしかないのだ。

そう思って更衣室から出ると、

「あ、咲太先生、さいなら」

と、丁度塾を出ていくところだった健人に手を振られた。

「寄り道しないで帰れよ」

「コンビニでから揚げ買って帰りまーす」

律儀に寄り道する場所を教えてくれた。そのまま立ち止まらずに、健人は塾を出ていく。それを見送っていると、

「先生、さようなら」

と、今度は樹里が帰りの挨拶をしてくる。

「寄り道しないで帰れよ」

「はい」

こちらは実に素直で真面目だ。

ドア口で一度振り返ると、咲太にお辞儀をしてから樹里は塾を出て行った。

スポーツをやっているせいか、とても礼儀正しくて、高校一年生とは思えないほど大人びて見える。健人とは対照的だ。

「ま、僕も帰るんだけどな」

とは言え、今出て行くと、エレベーターの前で見送ったばかりの生徒とまた顔を合わせることになる。それも気まずいので、咲太は壁に貼られた模試のポスターを無意味に眺めてから帰ることにした。

一、二分無駄に時間を潰してから、エレベーターで一階に下りる。

塾が入っているテナントビルの前の通りを眺めてみたが、健人と樹里の姿はすでになかった。

健人はから揚げを買いに行き、樹里は真っ直ぐ帰ったのだろう。

ただ、そのふたりはいなかったのだが、別の知っている顔にばったり出くわした。

「あ、先輩」

朋絵だ。

「古賀はバイト帰りか？」

この通りの奥には、咲太と朋絵がバイトをしているファミレスがある。高校の制服姿なので、学校帰りであり、バイト帰りでもあるのだろう。

「先輩もだよね？」

塾の看板を朋絵が見上げる。

「まあな」

短い返事をして駅の方へ歩き出すと、朋絵が隣に並んできた。

「先輩、なんかあった？」

何を思ったのか、急に朋絵がそんなことを聞いてくる。

「なんかってなに？」

「なんかはなんか」

「……これ、流行ってんのか？」

「……？」

首を傾げた朋絵は、わからないという表情だ。

「今のは忘れてくれ。んで、なんだっけ？」

「いつもだったら、『なんだ、古賀かー』とか言うじゃん」

「そうか?」

とりあえずとぼけておく。考え事をしている自覚はあったから……。それにしても、相変わらず朋絵は相手をよく見ている。

「桜島先輩と喧嘩でもした?」

「そこは円満なのでご心配なく」

「別に心配はしてない」

駅前まで来ると、信号を避けるために歩道橋に上がった。バスターミナルをすっぽり覆った大きな立体歩道。道幅は十メートルほどあって、通路でありながら、ちょっとした広場のようでもある。

その一角に、咲太は弾き語りをしている若い男性を見つけた。年齢は二十歳前後。咲太とそう変わらない。

欄干を背にしてアコースティックギターを奏でている。知らない曲を弾いて、知らない歌を歌っていた。男性が自分で作ったオリジナルの楽曲だろうか。ギターケースの中には、自主製作したと思われるCDが飾られていた。売ってもいるようだ。

時刻は夜の九時過ぎ。多くの人が仕事場や学校から帰ってきて、駅前の人通りは多い。そうした家路につく人たちが作る流れはよどみなく、そして、速かった。

弾き語りをする男性の前で足を止めているのは、どこかの高校の制服を着たカップルと、それとはまた別の高校の制服を着た女子二人組だけ……。

殆どの人がわき目もふらずに、通い慣れた道を帰っていく。

弾き語りの男性の存在には、誰もが気づいているはずだ。立体歩道の反対側にいる咲太にも、若い男性の歌声は聞こえているのだから。

「なあ、古賀」

そう呼び掛けると、咲太は男性を遠巻きに眺めながら足を止めた。

「なに？」

遅れて立ち止まった朋絵は、咲太の視線を拾って弾き語りの男性に視線を送る。

「あの人、どう思う？」

「どうって……」

欄干に背中を預けた咲太の顔を、朋絵が覗き込んでくる。

「なんて、言わせたいの？」

質問の意図を察したのか、どこか不服そうだ。

「思ったままを聞いてんの」

それに、朋絵は少し考えてから、

「すごいと思うよ」

と、言葉を選ぶように呟いた。

「どっちの意味で?」

すごいには大きく分けて二通りの意味がある。

素直にすごい。

それと、ある意味すごい。

「どっちの意味でも」

言いたくないことを言わされた朋絵は、表情に不満を溜め込んでいる。

弾き語りの男性に背中を向けると、朋絵は欄干に肘をついて体重を預けた。

「やりたいことがあって、それをやれる行動力もあって……そういうところは、本当にすごいって思う」

「だよな」

努力できるものを見つけられるのも、実際に努力できるのも……漠然と生きているだけの人間から見ると、それはどうしたって眩しい存在だ。だが、その眩しさが、もうひとつの感情を生み出してしまうこともある。心に影を落とす。

「すごいって思うから、あたしはいつも目を背けて、見ないふりして……ああいう人の前を通り過ぎてる。殆ど無自覚に」

朋絵はわずかに視線を落として、下の道を走る車のテールランプを目で追っていた。

「友達と一緒だったら、『知らない曲だね』なんて話して、少し笑ったりもするんだろうなぁ」

「誰だってそんなもんだろ」

今も、見向きもしないで通り過ぎていく人が殆どだ。気づいても意識の真ん中に持ってくることはない。あんまり歌は上手くないなとか、歌詞が聴き取れないしとか、恥ずかしくないのかなぁとか、よくやるなぁとか、心の中でそれぞれに思うだけ。

似たような光景なら、少し前に大学内でも見た。ボランティアの募集をする一生懸命な赤城郁実の前を、殆どの学生が通り過ぎて行った。あのとき、郁実が配っていたチラシをもらいに行ったのは、咲太が知る限りでは卯月だけだ。

「毎日、通り過ぎるだけなのに、あの人が何年後かに有名になって、紅白とか出たら、『あたし、弾き語りの頃から知ってるよ』なんて、誰かに自慢しちゃう気がする……」

さすがラプラスの小悪魔といったところだろうか。

あるかどうかもわからない未来のことまで考えている。

でも、そんな朋絵だからこそ、咲太はこの話を振ったのだ。朋絵なら、咲太の求める言葉を返してくれると思ったから。実際はそれ以上だった。

「あ、でも、身近にいた有名人の話だったら、桜島先輩が最強だよね」

本音を語っているのが恥ずかしくなったのか、冗談のように朋絵がそんなことを言う。それで一気に空気は和んだ。

「なんたって、僕の麻衣さんだからな」

「そうですねー」

言葉だけの同意は、いかにもわざとらしい。

「今の感じでよかった？　先輩の質問の答え」

そこでまた空気を変えて、朋絵は話を戻してきた。

「ばっちり満点。さすが古賀」

「褒められてる気がしないんだけど」

不満たっぷりに朋絵が膨れっ面をする。

「褒めてるって。僕を信じろ」

どういうわけか、ますます疑いの眼差しを向けられた。まあ、「信じろ」とか言う人間のことは、信じない方がいいかもしれない。

そんなことを考えていると、朋絵の後ろから、

「朋絵先輩っ」

という悪戯っぽさを含んだ声とともに、誰かが抱き付いてきた。

「きゃっ！」

思わず、朋絵が悲鳴を上げる。

帰宅途中のサラリーマンや学生たちの視線が一斉に朋絵たちを見た。朋絵に抱き付いている

のは、峰ヶ原高校の制服を着た女子生徒。朋絵より少し背は高くて、肩くらいまでの髪は毛先でくびれている。

女子高生が女子高生に抱き付いている様子を見続ける勇気は誰にもないのか、道すがらの人たちは、何事もなかったように視線を元に戻していた。

見ているのは咲太だけ。

「姫路さん……？」

振り返った朋絵が抱き付いてきた女子高生の名前を呼ぶ。

そこで、ようやく彼女は朋絵から離れた。

「塾の帰りなんです。朋絵先輩はバイトだったんですか？」

朋絵が「姫路さん」と呼んだ彼女のことを、咲太は知っていた。健人が片想いをしている峰ヶ原高校の一年生。フルネームは姫路紗良だったはずだ。

「うん、バイト帰りで」

朋絵のなんでもない返事を受け取った紗良の目が脇に逸れる。そこにいたのは咲太だ。

「あ、彼女は一年の……」

気づいた朋絵が、咲太に紹介しようと口を開く。

「姫路紗良です」

そこに、紗良が言葉を重ねてきた。

「どうも」

すでに知っているのだが、ここは知らないふりをしておいた方がいい。紗良を知った理由を聞かれると話が面倒だ。塾講師と生徒の恋愛未遂的な状況で知ることになったから。それに、健人の気持ちを考えると、健人から名前を聞いたとも言い辛い。

「それで、この人は……」

今度は紗良に咲太を紹介しようとすると、

「梓川先生、ですよね？」

と、紗良が被せてきた。

「あ、そっか。姫路さんが通ってる塾、先輩の」

紗良が口にした「先生」の一言で、朋絵は全部把握してくれたらしい。

「担当、僕じゃないのに、よく知ってたね」

咲太同様、バイト講師を含めると、先生の数はかなりいる。わざわざ、全員を覚えるなんてことはないはずだ。何の意味もない。

「私、数学の先生を今捜しているので」

その理由なら、咲太もだいたい理解していた。そもそも、紗良の名前を知る切っ掛けがそれだったのだから。

「うちのクラスの山田君、知ってますよね？」

「知ってるね。担当だし」

「梓川先生、教えるの上手だって言ってたので、今度授業受けさせてもらおうと思ってたんですよ？」

少し茶目っ気を含んだ口調で紗良が微笑む。基本は真面目だけど、冗談も通じる人当たりのよさを感じる。

「山田君がそんな風に思ってたとは驚きだね」

健人は、紗良が咲太の生徒になれば、一緒に授業を受けられる……そう考えたのではないだろうか。たぶん、そうだ。悪知恵というよりかは、ウブな行動として……。

「私、先生を指名してもいいですか？」

紗良の目が真っ直ぐ咲太を見ている。瞳を見ている。先ほどからずっとそうだ。人と話すときは目を見て話しましょう、という子供の頃の教えを忠実に守っている。

「ちゃんと数学を理解したいなら、双葉先生をおすすめするよ。物理がメインだけど、数学も教えてるからね。テストでいい点取るだけなら、僕でもいいけど」

咲太のあけっぴろげな助言に、紗良がくすっと笑う。そのあとで、

「梓川先生って面白い人ですね？」

と、朋絵に同意を求めた。

「面白いって言うか、先輩は変だから」

遠慮のない感想を朋絵が口にする。

「古賀、営業妨害しないでくれるか？」

「今、営業してなかったじゃん」

朋絵の反論は食い気味に飛んできた。咲太としてはちゃんと営業をしたつもりだ。殆どの生徒が、数学を理解することよりも、数学の試験でいい点を取れればいいと思っているはずなので……。少なくとも、咲太はそういう考えだった。

そんな咲太と朋絵を、紗良が無言で見比べている。かと思うと、

「ごめんなさい。私、邪魔でしたね、帰ります」

と一方的に告げてきた。

「え？　あ、待って……！」

朋絵の制止の声も間に合わず、紗良は小走りで去っていく。

「違うからね！」

必死の弁明も紗良には届かない。すぐに雑踏の中に紛れて見えなくなってしまった。

「どんまい、朋絵先輩」

ぎろっと朋絵が睨んでくる。

「塾で姫路さんに会ったら、変な誤解は解いておいてくださいね、梓川先生」

「覚えてたらな」

「覚えといてよ」

「にしても、随分慕われてるんだな、朋絵先輩は」

「体育祭実行委員で、今年一緒だったんだよね。それで……」

「ふーん」

「なんですか、梓川先生」

「いや、古賀の方は、彼女が苦手そうだったから」

実際、紗良は「朋絵先輩」なのに対して、朋絵は「姫路さん」と呼んでいる。友人の米山奈々のことは「奈々ちゃん」と親しげに呼ぶのが朋絵なのに……。

「苦手っていうか……あたし、高校デビューだからさぁ」

自信なさそうに朋絵が呟く。

「ま、向こうは中学の頃からイケてる感じだもんな」

もしくは、もっと前。小学校の頃からずっとクラスの中心的な存在だった……そんな雰囲気を紗良からは感じた。

「どうせ、中学まで芋でしたよ」

むすっとした顔で朋絵が歩き出す。いつの間にか、弾き語りの男性もギターをケースにしまって店じまいをしていた。

それを見届けてから咲太は朋絵に追いついた。

「先輩、ちゃんと先生やってるんだね」

「去年一年間、ガリ勉したかいがあったよ」

「バイトの休憩中も勉強してたもんねぇ」

「そういや、古賀は？　進路決めたのか？」

前に、都内にある女子大の推薦枠が余ってて、それをもらえるかもしれないと言っていた。

「指定校推薦の枠が取れたから、先週出願したよ」

「そりゃ、おめでと」

「まだ受かったわけじゃないよ？」

「指定校推薦ならほぼ受かるだろ」

「そうみたいだけど、わかんないじゃん」

「発表って、十一月の下旬だよな？」

「先輩、詳しいね」

塾講師のバイトの賜物だ。咲太の生徒に今年の受験生はいないが、周囲がそんな話ばかりしているので、自然と知識が身についてしまう。

「先輩からの合格祝いには期待してるね」

「何がほしいんだ？」

「え？　くれるの？　じゃあ、あれがいいな」

「どれだよ」

「今、づっきーがＣＭしてるイヤホン」

丁度、駅の北口にある家電量販店の前だ。朋絵がじっと店の入口を見ている。ここで買えということだろうか。この辺で買うとなれば、この店になるのはまず間違いないが……。咲太の家にある電化製品は、だいたいこの店でお世話になっている。

「あのイヤホン、高いよな？」

最新型のワイヤレスイヤホンだ。

「二万円はするかな？」

「想像以上に高いな……」

「これまでの慰謝料も込みだから」

「なんだよ、慰謝料って」

「先輩が散々あたしにセクハラした分の慰謝料」

冷静に言われるとちょっと困る。

「ま、それでチャラになるなら、確かに安いな」

「もっと高いの買ってもらおうかなぁ」

「づっきーのイヤホンで勘弁してください」

「え？　ほんとにいいの？」

朋絵が冗談で言い出したことはわかっている。

「花楓のフォローもしてもらってるしな」

今でこそ、花楓はファミレスでの接客バイトに慣れたが、当初は咲太が一緒にシフトに入らないと仕事にならない状況だった。かと言って、常に咲太が一緒というわけにもいかないので、咲太が不在のときは朋絵がなるべくシフトに入るようにしてくれたのだ。おかげで、花楓は朋絵にも懐いている。

「そういや、古賀もづっきーのこと知ってたんだな」

「教えてくれたのは花楓ちゃんだよ？　ライブ行った話とか、よくしてくれるし。でも、最近は学校でも名前聞くようになったかな」

「へぇ」

こういう話を聞くと、話題になっているんだなぁと実感する。

「先輩、同じ大学なんだよね？」

含みのある言い方だ。

「学部も一緒で、一応友達だと思ってもらってるよ」

咲太としても、そのつもりでいる。

「先輩って、かわいい女の子の知り合いが多いよね」

なんともつまらなそうな口調だ。

「古賀も含めてな」

「そういう意味で言ったんじゃないから！」

少し前にもこんなやり取りをした気がする。あれは美織だっただろうか。確かそうだ。

「もう帰る」

ぷりぷりした様子で朋絵が立体歩道の階段を駆け足で下りていく。

「途中まで送るって」

どうせ、橋を渡るまで帰り道は一緒だ。

そのあとは、朋絵にしばらく文句を言われ、それが終わると、「大学って楽しい？」、「何が楽しい？」、「すぐ友達できた？」と質問攻めに合いながら、咲太は朋絵を送って帰った。

2

翌日、咲太が大学に行こうと家を出ると、マンションの前にのどかがいた。帽子を被り、少し俯いて入口の壁に背中を預けている。エレベーターで下りてきた咲太に気づくと、「やっと来た」という顔をした。

偶然、一緒になったという雰囲気ではない。明らかに咲太を待っていた感じだ。

「麻衣さんは？」

近づいてそう声をかける。

「昨日、撮影が押したから、都内のホテル泊まって、大学は直接行くって」

妙にテンションの低い返答があった。

「知ってるよ。夜、電話あったし」

主な用件は今週土曜日の予定の確認。麻衣は珍しく丸一日オフになったらしく、「どこか出かけるわよ」と言ってきたのだ。ただ、咲太の方が、午前中から午後三時までファミレスのバイトがあって、その時間帯は動けない。なので、バイト終わりの時間に、藤沢駅周辺で待ち合わせ、ということで話は落ち着いた。その際、麻衣は見たい映画があると言っていたので、シネコンがある隣の辻堂まで出ることになるだろう。

「知ってんなら、聞くな」

今度もまた、のどかの返事は冷めきっている……というよりも、単純に元気がない。

時刻は九時過ぎ。十時半開始の二限に合わせた時間。

のどかの用事はわからないが、いつもの電車に乗り遅れるのも嫌なので、咲太はとりあえず歩き出した。その隣にのどかが追いついてくる。

向かう先は、歩いて十分程度の距離にある藤沢駅。社会人や中高生の通勤通学時間よりは遅いため、周囲を歩く人は少ない。おかげで歩きやすい。

マンションを離れて少し行くと、昔、女子高生と尻を蹴り合った思い出の公園に差し掛かる。

その脇を通り抜けて、緩やかに曲がった坂道を下っていった。

しばらく無言で歩いていたのどかだったが、その坂道の途中で、

「咲太に頼みたいことあって」

と、唐突に口を開いた。

「麻衣さんのことなら任せてくれ。ふたりで幸せな家庭を築くよ」

「そんなこと頼むかっつーの」

今度もローテンションで不満をぶつけてくる。

「じゃあ、なんだ？　づっきーか？」

「……」

咲太が切り込むと、のどかは一瞬だけ言葉に詰まった。でも、すぐに、

「そう、卯月のこと」

と、静かな口調で認めた。

「昨日、ダンスのリハがあったんだけどさ」

それは、スイートバレットの……という意味だ。

「それで？」

「他のメンバーは仕事でいなくて、あたしと卯月のふたりだけだったんだけど……」

そこで、何かを思い出したようにのどかが言葉を止める。

「てか、次の土日、二日続けてライブだって言ったっけ？」

「花楓から聞いてるよ」

土曜日がアイドルを集めた合同ライブ。日曜日は八景島で開催される野外音楽イベントがあるらしい。

花楓は両方とも観に行きたかったようだが、土曜日は友達の鹿野琴美の都合がつかず断念していた。日曜日は琴美と一緒に行くと今から楽しみにしている。

「毎回のことだけど、言ってくれたら招待チケットあげるのに」

「花楓はづっきーのファンだから、気を遣ってんだよ」

「それ、地味に傷つくんだけど」

どういうわけか、のどかの視線は咲太を責めている。

「んで、そのリハーサルでなんかあったのか？」

気にせずに話を戻す。それにも、不満そうだったが、のどかは前に向き直った。

「珍しくってていうか、はじめてな気もするけど……卯月がダンスの先生に、ものすごく怒られてさ」

「なんで？」

「なんか、リハに身が入ってないっていうか、ぼーっとしてて……」

「それで？」

「さすがに気になったから、『卯月、大丈夫？』って聞いたの」

「そしたら？」

「『大丈夫、ごめん、怒られちゃったね』って、まじの愛想笑いでごまかされた」

のどかは淡々と語っているが、それが逆に事の重大さを物語っている。

「なるほど……重症だな」

「でしょ？　卯月、前はなんでも話してくれたのに……」

独り言のように呟いたのどかの横顔はどこか寂しそうだ。

「それで、豊浜は落ち込んでんのか」

そもそも、マンションの前で会ったときから、のどかのテンションは低かった。その理由がこれというわけだ。

「最近、卯月のことがわかんない」

「前はわかったのか？」

それはそれですごい才能だ。

「……前もわかんなかったけど、そういう意味じゃなくて」

「わかってる」

以前は、とっぴな言動が予測不能でわからなかった。

でも今は、卯月自身の意思によって、気持ちが隠されてわからなくなった。同じ『わからな

い』でも、意味合いはだいぶ違う。真逆と言っていいほどに違っている。

「ネットじゃ、卯月がスイートバレットを卒業するなんて噂も流れてるし」

「そうなのか？」

それは初耳だ。

赤信号に捕まったところで、バッグからのどかがスマホを取り出す。何度か指で操作したあとで、画面を咲太に向けてきた。

表示されていたのは、アイドル情報のまとめサイト。

情報ソースは明記されていないものの、『広川卯月、卒業間近⁉』や『づっきー、ソロデビュー確定！』といった記事の見出しが躍っている。

「あのCMの影響で、事務所もばたばたしてるし……チーフマネージャーに聞いても、『今は次のライブに集中しろ』だしさ」

「言えないことがあるって言ってるようなもんだな」

「でしょ？」

「そこにきて、広川さんのリハーサルでの態度ってわけか」

心ここにあらず。では、どこにあるのだろうか。卒業か、ソロデビューか、それともまったく別の場所なのか。

赤信号をじっと見つめるのどかの目は真剣だ。卯月の去就について、何もないとは思ってい

ない顔……。瞳の奥が少し寂しそうに見えるのは、卯月が何も言ってくれなかったからなのだと思う。

噂の真相がどうであれ、卯月の口から聞かされたら、恐らくのどかは納得する。卯月のことを応援しようという気持ちがある。それだけに、卯月から返ってきたのが愛想笑いで……それ以上は何も聞けない空気を出され、のどかは身動きが取れなくなってしまった。

「んで、僕に頼みって？」

「卯月が困ってたら助けてあげて」

恥ずかしげもなく、のどかは真っ直ぐに気持ちを言葉にした。

「それだけでいいのか？」

「色々聞き出してほしいなんて、頼むかっつーの」

「それ、聞き出せって意味の？」

「絶対違うから」

真面目に怒った顔で、じろりと睨まれた。余計なことはしないで、と瞳が語っている。これ以上、冗談を言おうものなら、蹴りの一発くらい飛んできそうだ。それがわかっていて、痛い思いをする必要はない。

信号が青に変わったので、咲太はのどかのこわい視線から逃げるように歩き出した。

「あたしの話、聞いてた？」

「僕にできることならする。できないことはできないから、あんま期待はするなよ」

「うん、お願い」

少し肩の力が抜けて、のどかの表情はようやく綻んだ。

藤沢駅まで歩くと、咲太とのどかは東海道線に乗って、まずは横浜駅に出た。上りの電車は、少し遅めの時間でもまだそれなりに混雑する。

だから、特に会話らしい会話もせずに、お互い大人しく電車に乗っていた。

横浜駅で乗り換える京急線は、今度は下り方面になるため、電車内の空気は一気に落ち着いたものになる。

三崎口行きの特急電車は、各駅停車の駅をどんどん飛ばして走り続ける。

咲太とのどかは吊り革を持って電車に揺られ、来月の頭には学祭が控えていることや、ミスコンが行われるらしいことなんかを話しながら時間を潰した。

「麻衣さんがいるのにミスコンって地獄だよな」

「男子のコンテスト、自薦で出られるらしいから咲太も出たら？」

「これ以上、モテると困るからやめとく」

そんな話をしているうちに、電車は大学がある金沢八景駅に到着した。

ドアが開くのを待って、のどかに続いて駅のホームに出る。

その際、視界の隅に、知っている後ろ姿が見えた気がした。

電車の連結部の向こう側。

ひとつ前の車両。

開いていない方のドア口に立っているのは卯月だ。

ドアのガラスに虚ろな横顔を映していた。

発車を知らせるベルがホームに鳴り響く。

それを合図に、咲太は今降りたばかりの電車に飛び乗った。

「咲太……？」

気づいたのどかが振り返って咲太を見ている。その瞳は、驚きと疑問で満たされていた。

だが、理由を伝える前にドアが閉まってしまう。仕方なく、咲太はひとつ前の車両を指で差した。

ますますわからないという顔をしながらも、のどかはひとつ前の車両に視線を向ける。それで、のどかも卯月が乗っていることに気づいたはず。ただ、それを確かめる前に、電車は走り出して、のどかを置き去りにした。

こういうとき、スマホがあれば便利なのだが、あいにく咲太は持っていない。

連絡する術もなく、咲太は諦めて空いている席に座った。

ドアの上の路線図を確認しておく。特急電車が停車するのは、追浜駅、汐入駅と続いて横須

賀中央駅となる。その次が堀ノ内駅に止まり、久里浜線内に入っていく。そこから終点までは各駅停車になるようだ。

一体、卯月はどこまで行くつもりだろうか。

今も隣の車両のドアに肩を預け、外の景色をぼーっと見ている卯月は、単に、電車を乗り過ごしたという雰囲気ではなかった。

結局、途中の停車駅で卯月は降りなかった。

金沢八景駅を出発してから約三十分。電車は終点の三崎口駅に到着した。

一度は卯月に話しかけることも考えたのだが、卯月が何をするつもりなのかを確かめたくて、咲太はあえて放っておいた。

ドアが開くと、まばらだった乗客が順番に降りていく。咲太の正面に座っていた男性は網棚から釣り竿のケースを下ろし、クーラーボックスを肩にかけて「よし」と気合を入れていた。

全員が車内からいなくなっても、卯月は動かなかった。

このまま折り返して、大学に行くのだろうか。

そう思った矢先、卯月は今さら終点だと気づいたかのように周囲を一度見回して……とりあえず、という感じにホームに出た。

それを確認して、咲太も電車からホームに降りる。

卯月の背中は五メートルほど前に見えた。

さすがに、これ以上つけ回すのも気持ちが悪い。客観的に見れば、女子大生アイドルのあとをついて歩く怪しい人間だ。だから、咲太は声をかけることにした。

「今日はサボりか、づっきー」

卯月がびくっと肩を震わせる。そのあとで、卯月は怪訝な顔で振り向いた。咲太を見つけて目をぱちくりさせている。それでも、どうして咲太がここにいるのかは聞いてこなかった。彼女なりに、想像はついたのかもしれないし、別にそんなことはどうでもよかったのかもしれない。

「今日は、なんていうか……自分探しをしようと思って」

冗談っぽく言って、卯月が笑う。だけど、少しも冗談には聞こえなかった。

「三崎口で見つかるのか？」

「わかんない。ここって何があるんだろう？」

「有名なのは、マグロだろうな」

言いながら駅の看板に目を向ける。『三崎口』ではなく『三崎マグ口』になっているほどマグロ押しだ。

「じゃあ、お腹空いたし、マグロを食べながら考えようかな」

時刻は十一時を回った。少し早いが、そろそろ昼食時だ。

3

三崎口駅に降り立って約一時間半後……どういうわけか、咲太は卯月のお尻を追いかけていた。伸縮性のあるスキニーパンツに包まれた引き締まったお尻。正確には、自転車を漕ぐ卯月のお尻を、咲太も自転車を漕いで追いかけているのだが……。

かれこれ三十分以上は漕いでる。

一体どうしてこうなったのだろうか。

三崎口駅の改札を出たところまでは何の問題もなかった。

駅前はがらんとしたロータリーが広がり、頭上には秋晴れの青空も広がっていた。背の高い建物が見当たらない抜け感のある景色。

穏やかで、時間がのんびりしていて、日常生活から抜け出したような気分にしてくれる。

お目当てのマグロも、ロータリーの奥に「まぐろ」と書かれたのぼりを発見して、早々にありつくことができた。

夜は飲み屋で、昼は定食をメインに出している居酒屋だ。

こぢんまりした雰囲気が、妙に落ち着く。

そこで、咲太と卯月は三色まぐろ丼を注文した。メバチマグロの赤身、インドマグロの大ト

ロ、本マグロのねぎとろが載った豪華などんぶりだ。味噌汁に小鉢がついて千三百円とお得。さすが、三崎港が近いだけのことはある。鮮度もよくて、お値段も安い。

咲太としては、このどんぶり一杯を食べて、満足して帰ってもいいくらいだった。だが、残念なことに卯月が探している『自分』は、三色まぐろ丼の中にはなかったらしい。

お会計を済ませて外に出る。

「これからどうする？」

どうせプランなど何もない。そう思い、卯月の返事には期待していなかったのだが、

「レンタサイクルに乗ろう！」

と、卯月は高らかに宣言したのだ。

「そんなのどこに？」

「改札出たところにあった観光案内所」

咲太がぼーっと空を見上げている間に、目ざとく見つけていたようだ。

改札まで戻ると、確かに「レンタサイクル」の貼り紙が、すぐ側の観光案内所のガラス戸に見えた。

「自分探しと言えば、やっぱり自転車でしょ」

「レンタサイクルで探しに行くやつはあんまいないと思うぞ」

咲太の助言は聞いてもらえず、卯月は「ごめんくださーい」と観光案内所に入ってしまった。

親切な係の人の話を聞いて、貸出の手続きをして、おすすめコースを教えてもらう。三浦半島周辺のサイクリング用の地図も受け取った。

そうして走り出してから約三十分。いや、すでに一時間近くが経過しただろうか。

最初は、車もそこそこ通って、民家や倉庫のような建物がちらほら見える道を走っていたはずが、今では右を見ても左を見ても、畑しかない。前方にも畑が続いている。

人通りが全然ない。

時折、農作業をする人影が畑の中に見えるだけだ。

「これ、なんの葉っぱかなぁ？」

前を走る卯月が声を上げて聞いてくる。

「大根だよ。三浦大根」

まだ成長途中のため、青々とした葉っぱだけが畑を埋め尽くしている。でも、よく見ると、小さな大根の細くて白い首がちらっとだけ見えている。

「お兄さん、詳しいね」

「小学校の頃、遠足で大根畑を見に来たからな」

そのときの知識を、まさかこんなところで披露するとは思わなかった。

「てか、づっきー」

「なぁに？」

「今、どの辺走ってるんだ？」

「わかんなーい」

返ってきたのは、能天気な声。

「どこに向かってんだ？」

「海ー！」

実に簡潔な答えだ。

「地図はどうした？」

「案内所の人が、ながら運転はダメって言ってたよ」

「そうですね……」

もはや、何を言っても無駄だ。ただ、今日の卯月は、咲太がよく知っている卯月のような感じもあって、これはこれで妙な安心感がある。

それに、最悪迷子になっても、卯月のスマホのGPSを頼れば、ちゃんと帰れるだろう。だいぶ走っているので体力だけは心配だが、借りた自転車は電動アシスト付きなので、上り坂もそれほど苦にはならない。快適だ。

「気持ちいいね、お兄さん！」

なにより、卯月の言う通りで、レンタサイクルによる三浦半島の旅はとても心地よかった。

風は涼しくて、空は晴れて、空気もほどよく乾燥している。

大根畑に囲まれた道を、殆ど貸切みたいな状態で走るのは爽快だ。

「のどかだねぇー」

「豊浜がどうしたー？」

「そっちののどかじゃないってー」

自転車を漕ぎながら卯月が楽しそうに笑う。その笑い声を秋の風が運んでくる。

「そういやさー」

「んー？」

「づっきーは、なんでうちの学部にしたんだ？」

それは、前から一度聞いてみたかった質問。でも、今まで聞く機会がなかった疑問。

他にも選択肢はあったはずだ。それこそ、のどかと同じ国際教養学部でもよかったのではないだろうか。美織が在籍する国際商学部という可能性はなかったのだろうか。

「お兄さんは、なんで統計科学学部にしたのー？」

同じ質問が返ってくる。

「一番、競争率が低そうだったからだよ」

「じゃあ、私もそうー」

「なんだそりゃ」

「お兄さんが嘘を吐いたので、私も教えてあげなーい」

楽しそうに卯月がまた笑う。ノリや雰囲気は、本当に以前の卯月のような感じだけれど、やっぱり空気はきちんと読んでいる。相手の心情や、言葉の裏側を的確に把握していた。

「別に嘘は言ってないよ」

「でも、本当のことでもないでしょ？」

「……」

　返す言葉がなかった。その通りだったから。

「あ、海！」

　卯月が「見て見て！」と言って振り返る。ハンドルから片手を離して、「前！　前！」と指差していた。

「危ないんで、前見てな、前」

　そう咲太が返すと、卯月は自転車の速度を緩めて、そのままゆっくり止まった。

　傾斜の緩い坂道を上り切ったところ。

　咲太も並んで自転車を止める。スタンドを下ろして、一旦降りた。

「ちょっと休憩ー」

　卯月が「うー」と伸びをする。背筋をぴんと伸ばして自転車を漕いでいたので、体が固まっている。それをほぐすように、卯月は慣れた感じで立ったままストレッチをはじめた。ぴたっと膝におでこを付けた前屈。それから体を捻って、大きく反って、屈伸して、Y字バランスま

で披露してくれた。

下はスキニーパンツなので、体の線はくっきり出ているが、ボディラインは健康的でちっとも邪な気分になれない。周りの環境も、妄想を膨らませるにはあまりに不向きだ。

ストレッチする女子大生アイドルと、青空と海と大根畑。

その不可思議な取り合わせを視界に収めながら、咲太は途中の自販機で買ったペットボトルのお茶で喉を潤した。麻衣がＣＭに出ている商品を探したが、今日は見つからなかったので仕方がない。

「お兄さん、一口頂戴」

「間接チューになるぞ」

咲太がペットボトルを差し出すと、卯月は伸ばしていた手を引っ込める。

「やっぱり、自分の飲む」

先ほど、自販機で一緒に買ったペットボトルの水を、卯月はぐびぐび飲んでいた。

そんな卯月をそれとなく見ていると、

「のどかになんか言われた？」

と、視線を逸らしたまま卯月が聞いてくる。

「んー？」

咲太がとぼけると、卯月が小さく笑う。咲太の返答が予想通りだったのだろう。その卯月の

目は、大根畑の真ん中を走る道の先……遠い空の下に広がる海を見ていた。

風が凪ぐ。

大根の葉が微かに踊った。

薄い雲が、大空を流れていく。

殆ど音のない時間が、ゆっくり流れた。

「お兄さんはさ」

「ん？」

ペットボトルに口を付けながら、短く返事をした。

「アイドルって、何歳までやれると思う？」

「づっきーは一生やるんだろ」

口元から下ろしたペットボトルにキャップをした。

「前は、そんなこと言ってたねぇ」

「今は違うのか？」

「わかんない」

そう言って軽く笑った卯月は、今も海を望んでいた。

「なんで急にそんな質問？」

「昨日、大学の友達に言われたの」

「なんて？」

「『いつまでアイドルなんてやってるの？』って」

「それで、疑問に思ったのか？」

「ううん。思ったのは別のこと」

「それって？」

「彼氏と喧嘩したからって、私に八つ当たりしないでほしいなー」

「そりゃ手厳しいな」

あまりの辛辣さから、思わず笑ってしまった。今までの卯月だったら絶対に言わないようなことだ。他人のそういう感情に、気づくことがなかったから。

「普段、口には出さないけど、きっとみんなそう思ってるんだよね」

アイドルなんかやっている。

「みんな、何かになりたいんだよ」

咲太も海の方を見て、誰に語るでもなくそうもらした。

「何かって何？」

「『これが自分だ』って誰かに誇れるもの」

「……」

「広川さんにとって、歌とアイドルに匹敵するもの」

それでいて、人に憧れを抱いてもらえるもの。

人に自慢できるもの。

みんな、そういう何かになりたいと思っている。

「……」

卯月は口を挟んでこない。海を見たまま、耳だけを傾けている。

「だけど、今のところその『何か』になれていないから、TVに出て、アイドルやって……そういう広川さんが眩しいんだって」

そして、それを素直に認める余裕も強さもないから、「いつまでアイドルなんてやってるの？」という言葉に変換されて苛立ちは吐き出される。嫌味のようなことを言ってしまう。それは全部、まだ何かになっていない自分を守るためだ。

誰もが持っている防衛本能みたいなものに過ぎない。

「まー、でも、友達が言ってることはごもっともなんだよね」

卯月は咲太の言葉を躱すように、誰もいない景色に笑顔を向けた。

「アイドルで一生は無理だから」

「ふーん」

「ふーんって、普通ここは『そんなことないだろ』って励まさない？」

「励ましてほしいのか？」

「今、そんなこと言われたら機嫌悪くなりそう」

「じゃあ、言えばよかったか」

「なんで？」

「そうすりゃあ、冷静さをなくしたづっきーから本音が聞けるかもしれないから」

それこそ、友達が卯月に八つ当たりをしたように……。

「……お兄さんって、かなり意地悪だよね」

「それほどでもないよ」

「意地悪なふりが上手で、ついつい余計なことを言いそうになっちゃう」

「たとえば？」

「そうだなぁ……武道館は遠いとか」

誰に言うでもなく、自分の言葉ですらないように……卯月の声は軽く風に流されていく。だけど、だからこそ、卯月の本心がそこにあるように思えた。

そんな風にしか口に出せなかった卯月の言葉には、言いようのない切なさが含まれていたから……。

その正体に気づいて、咲太は理解した。どうして卯月は今さら『自分』を探さないといけなくなったのかに……。

恐らく、卯月は無理だと思っている。

その場所に行くことを。

その場所にたどり着くことを……。

ともに頑張ってきた仲間と、夢の場所に立つことを。

不可能だと思っている。それに気づいてしまった。

だから、何かを探しに来た。その事実から目を背けるように……。

「づっきー、スマホ貸してくれ」

「なんで？」

疑問を返しながらも、卯月は「はい」とスマホを渡してきた。

まずは乗り換えアプリを起ち上げる。何を調べたのかは言うまでもない。

「意外と近いぞ。三崎口駅から電車で二時間はかかんないってさ」

「どこまで？」

「そりゃあ、武道館」

「……」

卯月の体が拒絶反応を起こしたように硬直した。

だけど、ほんの短い時間だけ。

困ったように卯月は笑うと、

「……やっぱり、お兄さん意地悪だね」

と、言ってきた。

その卯月にスマホを返して、咲太は自転車に跨る。ハンドルを握って、準備万端であることを卯月にアピールした。

「サイクリングは楽しかったけど、ここにづっきーの自分は落ちてないよ」

「そうかなぁ」

納得したわけではなさそうな声。それでも卯月は自転車に跨った。

「でもさ、お兄さん」

「ん？」

「まず、ここから駅に帰らないとね」

どこを走っているのかわからない咲太と卯月にとって、目下、それが一番の問題だった。

4

「意外と遠かったな……」

いざ、武道館。

そう思い立ってから、三時間を超える旅を終えた咲太は、幾ばくかの後悔の念を込めて小さく呟いた。長距離の移動で、体のあちこちがとにかく痛い。悲鳴を上げている。原因はやっ

ぱり自転車での移動だ。三崎口駅まで戻るのに、思った以上に時間と体力を使った。

「だから遠いって言ったのに」

隣で卯月が苦笑いを浮かべている。普段から激しいダンスレッスンを受けている卯月には、さほど疲れは見られない。

街灯の光を受けた表情は、まだまだ元気だ。

秋も深まるこの季節、午後六時を回ると空はすっかり暗くなる。

街灯の薄明かりの中で、日本武道館はどっしりとした存在感を放っていた。

入口の正面は、広くひらけて、風が吹くと色づきはじめた木々の葉がわずかにざわめく。

不思議と周辺の空気が澄んでいるように感じられた。

神社の境内に足を踏み入れたときの感覚に似ている。静謐さとどこか張りつめた雰囲気がこの場所には漂っているのだ。

今日は何の催しも行われていないのか、辺りは静けさに包まれている。

敷地を通り抜けていく人影はちらほらあったが、大きな建物を見上げ、どこか意味深に立ち尽くしているのは咲太と卯月だけだ。

「で、感想は？」

「……」

卯月は軽く後ろに手を組んで、夢の場所を見据えていた。何も言わずに、瞬きだけをしばら

く繰り返している。その横顔が何を思っているのか、咲太にはわからない。だから、咲太は黙って、卯月の言葉を待った。

「お兄さんはさ」

「ん？」

「一年間に何組のアイドルグループが、この舞台に立てるか知ってる？」

「さあ」

そんなことは知らないし、調べようと思ったこともない。なんとなく、アイドルやアーティストが目指している場所だと聞いたことがあるくらい。本来は、その名が示す通りで、コンサートを開く会場ではないはずだ。

「はじめて立てるのは、多くて五組。一組も立てなかった年もある」

「……そっか」

答えながらも、それが多いのか、少ないのか……実感は持てなかった。ただ、卯月の言葉の選び方から、限られたごく一部のグループだけが、この舞台に立つことを許されるのだという事実は伝わってきた。

「今、日本に、アイドルって何千組もいるんだって」

他人事のように卯月が語る。

「その全部が本気で武道館を目指してるかはわからないけど……」

数千の中から一年に五組は、確かに少ない。極めて少ない。

「づっきーが並んでるのは何番目だ？」

「スイートバレットは、三十番目くらいかな」

「いいところまで来てるんだな」

素直にそう感じる数字だ。

「全然だよ」

だけど、卯月の声は少しも弾んでいない。

「そうか？」

進むかどうかわからない列とは言え、三十番目は可能性を感じさせる数字に聞こえる。それでも、卯月の態度はそれとは正反対だ。

「TVに出て、顔を知られて、街でも声をかけられるようになったけど……私たちが、お客さんで埋められるのは二千人の会場まで……」

じっと卯月が武道館を見据える。

「ここは、何千人呼べばいいんだ？」

「一万人」

あまりに自然に、当たり前のこととして、卯月はその数を口にした。

一万から二千を引くと答えは、八千。

その八千人の差が、どれだけ大きな溝になっているのかが咲太にはわからない。わかるのは、もっと単純なことだけだ。

「それは、最初からわかってたことなんだろ？」

「……うん、最初からわかってたよ。ここを目標って決めたときからわかってた。わかってたのに、わかんなくなっちゃった」

卯月の視線が落ちる。三メートルくらい先の地面を見ている。

「ここって、本当に私が来たい場所だったのかな」

「……」

咲太は答えない。卯月にしかわからないことだし、これは、卯月がもう一度自分で決めるべきことだ。

「前はこんなことで悩んだりしなかったのにな」

「じゃあ、空気なんて読めない方がよかったか？」

咲太のその急な問いかけに、卯月は目立った反応を示さなかった。ただ、俯いたまま、はっきりと首を横に振っただけ……。

それではっきりした。

卯月は自分の変化を自覚していたのだと……。

それがいつからなのか、何月何日の何時何分だったのかは咲太にはわからない。だが、今、

この時点で理解していることは確かだ。

「読めるようになってよかったよ。なんたって、お兄さんの皮肉がわかるようになったしね」

卯月は空気を読んで、そんな冗談をこぼした。

「友達の嫌味もわかるようになったしな」

「それ、お兄さんのそういうやつ」

咲太を見て、卯月が「やな感じ」と言って笑った。

「僕って意外と意地悪らしいからさ。期待には応えないと」

それには苦笑いが返ってきた。

「そういうのがわかるようになって、大学の友達が言ってる『卯月ってすごいね』の意味も理解したら……今までいろんな人に言われてきた、いろんな言葉が気になるようになっちゃった」

顔を上げた卯月は、どこか遠くを見ていた。目の前には武道館があるけれど、それを通り越してその先を見ている感じがする。いや、何も見ていないのかもしれない。

「私の頭の中に、みんながいて、みんなが色々言ってて……いちいち聞いてたらさ、何が自分なのか、わかんなくなってきた」

そう言って、自分を笑うように卯月は笑った。それもまた、以前の卯月にはなかった表情だと思う。

「……」

咲太が何も言わずにいると、

「ごめん」

と、卯月が表情を崩した。

「なに言ってんだこいつって感じだ」

大げさに笑って、卯月が今言ったことをごまかそうとする。

「わかるよ」

だけど、咲太は曖昧にはさせなかった。

「……」

「なに言ってるか、わかる」

「ほんとに？」

疑いの眼差しだ。少しばかりの驚きも含まれている。

「他人の気持ちを知れば、自分の気持ちだって変わるんだよ」

咲太だって、経験がある。

大好きな麻衣に泣かれて、気持ちがぐらついた。

『翔子さん』の想いを知って、いてもたってもいられなくなった。

そのどちらもが、咲太にとって、本当の気持ちだったのは疑いようもない。

考えに考え抜いた答えでも、切っ掛けひとつで答えなんて変わってしまう。

誰かと関わることで、自分が変わっていく。

誰かと触れ合うことで、新しい自分に気づいていく。

「『自分』なんて意外と曖昧だからな。何が自分かなんてわかるはずない」

「そうかもね……」

今のご時世に至っては、他人の気持ちや気分がスマホひとつで無差別に飛んでくる。見ようとしなくても情報は世の中に溢れているし、無意識に何かに影響されていく。

知りたくなかったことでも、見たくなかったことでも、知ってしまって、見てしまったあとでは手遅れだ。

もう知らなかった自分に戻ることはできない。

知ってしまった自分が今の自分だから。

その自分と付き合っていくしかないのだ。

急に空気を読めるようになった卯月には、そうした人の感情や情報が一気に大量に流れ込んできたのではないだろうか。今まで気づかずに済んでいた友達の皮肉を知って、嫌味を理解した。本音と建前、表と裏があることもわかった。そういうのを使い分けている世の中というのは、決して美しくは見えていないように思える。

ただ、それでも、卯月は空気が読めるようになってよかったと語った。本音と建前を上手に使い分けた上で……笑ったのだ。

「今の私って、思春期症候群なのかな？」

咲太を見て、卯月がはっきり聞いてくる。それは、突然の質問ではあったけれど、咲太が答えに迷うことはなかった。

「たぶんね」

「じゃあ、治ったら、空気読めなくなるのかな」

「たぶんね」

「今さら、それはきついなぁ」

そう語る卯月の気持ちはわからないでもない。

――私も、みんなに笑われてたんだ

あの一言がすべてを物語っている。

何も知らずに笑われていた自分には、戻りたくないのだろう。だから、あの日以降も、卯月は大学で友達と楽しそうにおしゃべりをしていた。昼食を一緒に食べていた。空気が読めるようになって手に入れた普通を謳歌していた。けれど、そんな自分に疑問を持ってしまって、今日、大学をサボってここにいる。

「お兄さんは、どっちの私がいいと思う？」

「どっちもいいと思うよ」

「どっちでもいいじゃないよね？」

「どっちもいいと思う」

改めて同じ言葉を咲太は口にした。「どっちも」の「も」を若干強調して。

卯月はそれに少し笑う。

「私としては、空気を読める方が、お兄さんと話してて楽しいな」

「今まで、退屈させてごめんな」

「こういうウイットに富んだトークができるし」

自分の言葉を体現するように、卯月は本当に楽しそうにしている。それが、咲太にとって不愉快なわけがない。空気が読める卯月としかできないやり取りを、咲太も楽しいと感じていた。

「というわけで、お兄さんと話してたら、ちょっとすっきりした」

卯月は気持ちよさそうに伸びをする。

本当は少しもすっきりなんてしていないはずなのに……。

「一日お付き合いありがとうございました」

わざとらしい敬語を使ってぺこりとお辞儀をしてくる。

顔を上げると、少し照れたみたいに卯月はにっこり微笑んだ。

それは、今までに咲太が見てきた中で、一番綺麗な愛想笑いだった。

「……」

こんなものを見せられたら、放ってはおけなくなる。

「お兄さん？　どうかした？」

何もわかっていないふりをして、卯月が聞いてくる。

今日一日、一緒に過ごしても、結局のところ、咲太は今の卯月の本音に一歩たりとも近づけていない気がする。

卯月は、今日、三崎口まで何を探しに行ったのだろう。

武道館までやってきて、何を見つけようとしていたのだろうか。

卯月は本当に自分を探しているんだろうか。それすらわからなくなった。

ただ、現実逃避したかったわけじゃないのは、今、この場にいることが証明している。普通に考えれば、一番来たくなかった場所のはずだ。

そんな風に考えていると、小さな振動音が思考に割り込んでくる。

卯月のスマホだ。

鞄から出した卯月が画面に視線を落とす。

「のどかだ」

咲太の目を見て、卯月は「しまった」という顔をしていた。そのあとで、スマホを耳に当てると、

「もしもーし」

と、明るい態度で電話に出る。

「ごめーん、のどか。リハの時間だよね？」

どうやら、今日も週末のライブに向けたリハーサルが入っていたらしい。

「今？　んーと、もう都内にはいるから、急いでレッスンスタジオに向かうよ」

恐らく現在地を聞かれたのだろう。さすがに卯月は、「武道館」とは言わなかった。

「三十分くらいかかるかな？　うん……え？　あ、うん、いるよ、ちょっと待って」

一連のやり取りが終わると、卯月はスマホを咲太に差し出してきた。

「ん？」

「のどかがお兄さんを出せって」

「……」

無言でスマホを受け取る。文句を言われそうな予感はあったが、咲太としてものどかからの電話は好都合だった。卯月とここで話をして、のどかに頼みたいことができていたから。

「豊浜？　ちょっと聞きたいんだけどさ」

先に咲太の方から強引に切り出した。

「はあ？　聞きたいことがあるのはこっちだっての」

「土曜のライブって、チケットまだ手に入るか？」

のどかの言い分はひとまず無視して咲太はそう続けた。

「その日は、お姉ちゃんと出かけるんでしょ？」

すでに耳に入っているらしい。

「だから、そのデートでライブに行くんだよ」

麻衣にはこれから相談することになるのだが……。嫌だとは言われないだろう。

「……ちょっと待って」

そう言い残して、のどかの気配が電話口から消える。小さな話し声は聞こえていたので、誰かに何かを確認しているのかもしれない。二十秒ほど沈黙があったあと、

「関係者の招待で、ふたり入れるって」

と、色よい返事が届いた。

「じゃあ、ふたり分、取っといてくれ」

「いいけどさ。それって……卯月、なんかまずいの？」

電話口の声が小さくなる。

「わからん」

別にライブ中に何かあるとは思っていない。

本音を隠すのが上手になった卯月のことは、やっぱりよくわからない。だから、行ってみようと思った。

「とにかく頼んだ」

「わかった。じゃあね」

そう言って電話が切れる。

スマホを返そうと思って振り返ると、卯月は夜空に浮かんだ月を見ていた。わずかに欠けてはいるがほぼ満月と言っていい丸さだ。

「月にうさぎはいないんだね」

ぽつりとそんなことを言う。

「エサも空気もないから、その方がいいんじゃないか」

咲太がスマホを差し出すと、卯月は「浪漫がないなー」と笑いながら受け取った。

第四章　アイドルソング

1

ファミレスのバイトを終えた咲太が店の外に出ると、空はどんより曇っていた。週のはじめに小笠原諸島沖で発生した台風の影響だろうか。現在は勢力を維持しつつ北上中。ただ、天気予報によれば、日本列島に近づく頃には温帯低気圧に変わり、関東地方の南の沖を週明けに通過していくらしい。さほど影響はないだろうという話だった。

だが、まったく影響がないということはなく、もう十月も半ばを過ぎたというのに、湿った風が夏の気配を連れ戻してきている。

今日は待ちに待った麻衣と出かける日なのに、絶好のデート日和とはならなかった。

時刻は午後三時十分。約束の時間は五分後の三時十五分。

麻衣が待ち合わせに指定してきたのは、咲太がバイトをしているファミレスの前。そのため、店の外に出た瞬間に到着している。

麻衣がやってくるはずの駅の方向に目を向けながら、咲太はファミレスの入口から離れ、道路の方に寄って待っていた。

そろそろ約束の三時十五分になる。だが、一向に麻衣が現れる気配がない。時間に厳しい麻衣が遅刻すれすれとはちょっと珍しい。というか、麻衣らしい人影が歩いてくる様子もないの

で、すれすれどころか、このままでは遅刻になりそうだ。

お詫びにどんなご褒美をもらおうか。

期待に胸を膨らませながら、駅の方へ目を凝らしていると、逆の方向から走ってきた車が、咲太の真横にぴたりと止まった。

「……？」

まるで迎えに来たかのような距離。それを疑問に思い、止まった車に目を向ける。

ボディは白で、ウィンドウのフレームからルーフにかけては黒で統一されたツートンカラー。足回りとサイドミラーも黒く、丸い目をしているその姿は、どことなくパンダっぽい。

ドイツのメーカーが製造するコンパクトな車種で、おしゃれなデザインで人気があるのか、街中でもよく見かける。ラゲッジスペースを入れると、五つのドアがあるモデルだ。

その車のドアが開いて、運転席から誰かが出てきた。

「乗って」

車を挟んだ反対側から声をかけてきたのは、どこからどう見ても麻衣だ。

「えっと、麻衣さん？」

一体、どこから突っ込めばいいのだろうか。

「いいから、早く」

咲太の返事は待たずに、麻衣は運転席に戻ってしまう。

聞きたいことはたくさんあったが、麻衣に急かされたこともあり、咲太はとりあえず助手席に乗り込んだ。車内は結構広々している。

「乗りました」

「シートベルト」

「しました」

「それじゃあ、出発するわね」

ハンドルを握った麻衣が後方を確認する。車が一台通り過ぎるのを待ってウィンカーを出すと、丁寧にアクセルを踏み込んだ。

車が静かに走り出す。穏やかに加速した車はどんどんファミレスから離れ、すぐに店の屋根も見えなくなった。

道を真っ直ぐ進んだところにある個別指導塾が入ったビルも、一瞬で通過していってしまう。振り向いたときには、もう見えなかった。

慣れた感じでハンドルを握る麻衣を横目に映す。伊達眼鏡をかけて、緩くまとめた長い髪を体の前に垂らしている。ちらっと見えるうなじが色っぽい。

「あのー、麻衣さん？」

「なによ？」

麻衣は前を見たままだ。

「これはなに？」

「車、知らないの？」

もちろん、知っている。

「買ったんですね？」

質問ではなく、咲太は確認の言葉を投げかけた。麻衣が『桜島麻衣』であることを考えれば、車を買うくらいは造作もない。高校生の身分で、マンションだって購入していたのだから……。むしろ、それと比べたらかわいい買い物ではないだろうか。

「夏休み前にね。そのあと撮影で家を空けてたから、納車は待ってもらってたの」

「免許は？」

「取ったに決まってるでしょ」

そうでなければ、無免許運転になってしまう。

藤沢駅を過ぎたところで赤信号に捕まると、麻衣は鞄から財布を出して、「はい」と運転免許証を見せてくれた。

氏名の欄には『桜島麻衣』と書かれ、住所も藤沢市になっている。正真正銘、本物だ。

当然、本人確認用の写真も載っている。この手の証明写真は残念な感じになるのが当たり前なのに、麻衣は『桜島麻衣』のまま写っているから驚きだ。

そう言えば、学生証の写真も、麻衣は『桜島麻衣』だった。何かコツがあるのだろうか。

素材の違いだろうか。たぶん、その両方なので聞くのはやめておいた。別に、学生証の写真の目が死んでいようが、困ることはない。見せると、だいたいみんなに笑われる。笑顔に貢献できてなによりだ。

「でも、いつの間に取ったんですか？」

「去年、朝ドラの撮影中よ。ちょくちょく教習所に通ったの」

秋から春にかけての期間だ。

「その時間があるなら、僕とデートしてほしかったなぁ」

「受験勉強で忙しそうにしてたのは誰だったかしら？」

まるで咲太が悪いような言い草だ。

「咲太が構ってくれないから、退屈しのぎに免許を取りに行ったのよ」

それでいながら、しっかり咲太の家庭教師をしてくれていたのだから驚きだ。

「はぁ……」

「なによ、そのため息」

「バイト代が溜まったら、僕も教習所に通おうと思ってたのになぁ」

「通えばいいじゃない」

「こっそり免許取って、麻衣さんをドライブデートに誘いたかったなぁ」

車移動なら、国民的知名度を誇る麻衣とも、少しは同じ時間を過ごしやすくなると思ったの

だ。いくら気配を消すのが上手いとは言え、最近では事務所側が気にして、麻衣はマネージャーが運転する車での移動が圧倒的に多くなった。

「こっそり免許取って、ドライブデートに誘ってあげたでしょ？」

悪戯っぽく麻衣が笑う。

「麻衣さんは、僕とデートしたくて免許を取ったんですか？」

「そうよ。車なら堂々と出かけやすいからね」

「撮影で必要になったからじゃなくて？」

「それもあるけど」

「やっぱり」

「文句ばっかり言ってないで、ナビ入れて」

「どちらまで？」

「お台場。ライブ観に行くんでしょ？」

咲太がナビを入れると、景気づけとばかりに、麻衣は車内にスイートバレットの曲を流しはじめた。

2

途中、寄り道をしながらライブ会場を目指した麻衣が運転する車は、道路の混雑などにも多少巻き込まれ、日も傾いた午後五時過ぎにお台場エリアに到着した。

道中、麻衣から「そう言えば、咲太、広川さんとデートしたんだって？」と言われたときには肝が冷えたが、密室の車内で麻衣とふたりきりで過ごす時間は新鮮で、純粋に楽しかった。

「三崎口まで行って、まぐろ食べて、自転車で大根畑を走っただけですって」

「それ、デートじゃないの？」

言い訳をしながら、咲太も「これは、デートだな……」と思ったので、そのあとは話題を変えるのに集中した。

混雑するお台場エリアで、空いている駐車場を探し出して、ようやく車を止められたのが、午後五時半。

立体駐車場から外に出たときには、もう五時四十分になっていた。

ライブ開始は午後六時の予定だ。すでに開場はしていて、ホールはお目当てのアイドルを心待ちにするファンたちで溢れている頃だろう。

だが、咲太と麻衣は焦ることなく、整備された道をゆっくり歩いていた。

元々、人目を避けるために、開演ぎりぎりの時間に入るつもりだったのだ。予定外の道路の混雑はあったが、逆に予定通りの時間に到着したとも言える。

土曜日ということもあって、お台場は遊びに来た大勢の人たちが行き交っていた。全体的に客層は若い。二十代から三十代くらいが多い気がする。あとは海外からの観光客の姿も多く見られた。

咲太の隣を歩く麻衣は、伊達眼鏡に加え、今は帽子とマスクを着用している。車の中ではかわいいニット姿だったが、女性に羨ましがられるすらっとした細身のスタイルを隠すように、ゆったりした上着を羽織っている。表情も、シルエットも、みんなが知っている『桜島麻衣』ではなくするためだ。ただ、下は運転を考慮してか、スキニーパンツのため、脚の細さと長さが際立っている。上着がだぼっとしているからなおさらだ。そして、この状態でも、美人だとわかるのが、麻衣の凄いところだ。

その麻衣は、人通りの多い交差点を渡る際に、咲太の腕に軽く手を回してきた。肘の少し上を緩く摑んでくる。

「咲太が迷子にならないように」

「スマホ持ってないから、ほんとに離さないでくださいね」

交差点の向こうから歩いてくる人を避けるのにも、少し苦労するくらいに混雑している。この中で、麻衣とはぐれたらおしまいだ。

「咲太、お台場は？」

「はじめてですよ。用事ないし」

だから、ライブ会場の場所もよくわかっていない。

麻衣が迷うことなく歩いているので、ついていっているだけだ。

「麻衣さんはよく来るの？」

近くにはTV局もあるので、麻衣にとっては見慣れた街並みなのだと思う。

「よくは来ないけど、時々ね。だいたい仕事だけど」

やがて、正面に巨大な商業施設が見えてくる。入口の広場には、全長二十メートルはありそうなロボットが立っていて、咲太を出迎えてくれた。ところどころ赤く光っている。その巨体を思わず見上げてしまった。

さすが、ダイバーシティお台場。多様性に満ちている。満ち溢れている。

「これ、変形するんだって」

そう麻衣が教えてくれる。

「変形？」

どうせなら見てみたいが、残念ながら麻衣は止まってくれなかった。腕を引っ張られて、ロボットの奥に見えていたライブ会場の入口に咲太を連れていく。

建物の中に入ると、関係者用の受付を見つけた麻衣から、

「行ってきて」

と言われて、手を離された。

「僕？」

「『梓川』で招待チケットを二枚用意してもらったって、のどかに聞いてない？」

「聞いてません」

さすがに、『桜島麻衣』で取るのは、無駄に目立ってしまう。

咲太が受付の前に進み出ると、スーツを着た若い女性が、「お名前をお伺いしてもよろしいでしょうか？」と丁寧に促してくる。

「梓川です」

女性はタブレットで、何かのリストを確認している。すぐに「梓川」は見つかったようだ。

彼女の目が「あった」と語っている。

「チケット二枚になります。あちらから中へお進みください」

「どうもです」

「いってらっしゃいませ」

恭しく送り出された咲太は、麻衣と合流してライブ会場の中へと進んでいく。

通路を少し進んだ先にある防音扉を開けて、ホールの中に入った。

スタンディングの会場内は、ほぼ満員と言っていいだろう。後ろの方まで、結構な密度で観

客が集まっている。これで、二千人に満たないくらいだろうか。

壁際を通って、咲太と麻衣は後ろの方にあるわずかなスペースに陣取った。そのタイミングで、注意事項のアナウンスが流れ出した。

撮影録音の禁止、ステージへの登壇禁止、周囲に迷惑をかけないように、節度を持って盛り上がりましょう、というもの。

今日のライブは、四組のアイドルグループが合同で行うもので、それぞれの持ち時間は三、四曲分。スイートバレットは二番手だ。先ほど、受付近くにいた客と思しき男性は、「今日、シークレットいるらしいよ」と語っていたので、もう一組いるのかもしれないが。

ただ、今日、一番のシークレットゲストは、恐らく麻衣だろう。

「そろそろね」

スマホで時間を確認していた麻衣が呟く。

直後、ホールに大音量の音楽が流れ出して、一組目のグループが駆け出してきた。

「いくよー！　お台場ー！」

全部で六人。真っ黒の衣装をまとった彼女たちの楽曲は、荒々しくてパワフルだ。

アイドルグループと言っても、かわいく清楚でポップなグループばかりではない。ロックやメタル、パンクな歌を奏でるグループも多くある。

卯月が前に、何千組もアイドルグループがあると言っていた。それだけあれば、メジャー路

線で攻めるグループもあれば、マイナー路線に活路を見出すグループも出てきて当然だ。そうした競争が新しい可能性を生んで、次の世代の人気者を作っていく。

みんながみんな、芸能界で『桜島麻衣』のような正統派になれるわけじゃない。そんなのはほんとに限られたごく一部の選ばれた人間だけ……。

麻衣を横目に見ていると、すぐに気づいた麻衣と目が合った。瞳で「なに？」と聞いてくる。「なんでもない」と咲太は軽く首を横に振った。すると、「なにそれ」と、麻衣は目元で笑ってみせる。

何か特別なやり取りがあったわけではないけれど、なんだか幸せを感じる時間だった。

一組目のグループが全部で三曲を歌い終える。

メンバーを呼ぶファンたちの声が、ステージに届けられた。それに手を振って応えながら、彼女たちは小走りで、ステージからはけていった。

ステージ上に誰もいなくなったところで、照明が意図的に落とされた。

「おぉー！」

ファンの期待が、下から込み上げる低音となって重なる。

次の瞬間、淡い照明がステージを照らした。誰もいなかったその場所に、スイートバレットのメンバー五人が背中を向けて立っている。

ひとりずつ短いパートを歌いながら振り返り、最後にセンターに立つ卯月が、サビのアレン

ジからはじまる曲の冒頭を高らかに歌い上げた。

間奏に、ファンの声が飛び交う。「づっきー！」、「どかちゃん！」、「やんやん！」、「らんらん！」、「ほたるん！」と。

ただ、歌の邪魔はしないように、Aメロに入るとサイリウムを振ってライブをステージ下から盛り上げることに徹する。

そんなファンの後押しを受けて、スイートバレットのボーカルを引っ張るのは卯月だ。

彼女の歌声は、ひとつひとつの音を的確に捉え、歌詞に沿った感情がきちんと込められている。他のメンバーはそれに寄り添って、グループとして大きな芯がある楽曲にまとめ上げていた。ライブの大音量の中でも、五人の合わさった歌声は、不思議と心地よかった。

こうして、スイートバレットのライブを観に来るのは一年ぶりくらい。去年の夏に、鹿野琴美が家の用事で行けなくなり、余っていたチケットを花楓に押し付けられて、一緒に来たのが最後。

その間に、グループとしての進化は目を瞠るものがあった。

全員の歌唱力が明らかに上がっている。

そもそもの声量が以前の印象と違う。

それに加え、元々高い精度を誇っていたダンスは、一体感がより増していた。背の高いメンバーから、小さなメンバーまで、動きに統一感がある。シンクロしている。

その完成度の高さは、自然と見る者の興味を引いて、視線を釘付けにしていた。

他のアイドルを目当てにライブに参加している観客も、ステージに目を奪われていく。口を開けて茫然としている観客もいたくらいだ。

だけど、それだけの魅力を示しても、あの日、卯月は「武道館は遠い」と語った。今の五倍の客を呼べるようにならないといけない。

これ以上、何をすればいいというのだろうか。

パフォーマンスとしては、スイートバレットのライブは、他に引けを取らないと思える。実力はあるのに、人気が今ひとつ伸び悩んでいるのはなぜだろうか。咲太が考えたところで、答えが出るはずもない。咲太にわかるくらいなら、スイートバレットはとっくに売れて、武道館でライブをしていることだろう。

そんなことを考えているときだった。

それまで完璧だったスイートバレットのライブに、小さな綻びが見えはじめたのは……。

最初は気のせいだと思えるくらいの小さな違和感だった。

でも、卯月のダンスだけが、わずかに遅れているように思える。

それは、そういう演出なのかもしれない。

違うとわかったのは、卯月がのどかと立ち位置を入れ替わるときだ。のどかの目が一瞬、卯月を気にした。

隣にいる麻衣も、瞳に疑問を浮かべている。

何かがおかしいのだ。

そして、それはファンにも伝わっていき、サイリウムを振る腕に迷いが出ていた。

自然と会場の視線は、卯月に集中する。

その卯月は、テンポのずれたダンスを踊りながら、視線はどこか遠くに向けられていた。笑顔は失われていなかったが、見ている先にファンはいない。

不安が膨れ上がる。

何が起きているのかがわからない。

何かが起きようとしているのかどうかもわからない。

ただ、少なくとも、今日は調子が悪いのかもしれないと、楽観的に片付けていいことには思えなかった。

その直感は、現実のものとなる。

二番のサビに入る瞬間、それは起こった。

卯月の歌声が、喉を詰まらせたみたいに一瞬途切れる。

掠れた音を、マイクが拾った。呻き声のようなノイズ。

それでも、スイートバレットの歌声が止まることはない。のどかや他のメンバーが、卯月のソロパートをフォローしたのだ。

そんな中、卯月はマイクを握ったまま歌い続けている。

だけど、彼女のマイクが音を拾っているようには見えなかった。

「音響トラブルかしら？」

咲太の耳元で麻衣が囁く。でも、麻衣は別の可能性を考えているように見えた。たぶん、咲太と同じことを考えている。

そのまま、一曲目が終わる。

ステージに並んだスイートバレットのメンバーがファンと向き合う。

「皆さん、こんばんはー！」

サブリーダーの安濃八重が何事もなかったかのように、会場に元気よく呼び掛けた。

「私たちはー」

「スイートバレットです！」

メンバー全員の声がハモる。でも、マイクが拾ったのは四人の声だけ。

やはり、卯月の声が聞こえていない。

口は動いているけれど、咲太のところまで届いてこない。ステージの目の前にいても、聞こえなかったのではないだろうか。

そんな卯月の異変を気遣ってか、

「なんか、もう時間押してるらしいんで、残り二曲続けていきます！」

と、八重が挨拶を短く切った。

次の曲に入る直前、ステージ上では卯月を除いた四人のメンバーがそれとなく視線でやり取りを交わした。

それだけで、何かを伝え合うことのできる濃密な時間を、彼女たちは今日まで過ごしてきたのだ。

だから、二曲目も、三曲目も、スイートバレットは無事にライブをやり遂げた。

一曲目と同様、卯月だけダンスはずれていたし、どう見てもひとりだけ口パクになっていたけれど、ライブを中断するような素振りは一切見せなかった。

ステージを去るまで、アイドルらしく明るく元気に、メンバー全員が笑っていた。

それとすれ違うようにして、三組目のアイドルグループがテンポよく登場する。会場の熱を冷まさないようにしているのだろうか。

その最初の曲がはじまる前に、

「出ましょうか」

と、麻衣に言われて、咲太は一緒にホールの外に出た。

防音扉の外側は、聞こえてくる音の音量が小さくて、まるで別の世界だ。

現実に戻ってきた感じがある。

そのまま、咲太と麻衣は建物から出た。

駐車場の方に向けて歩き出す。信号をひとつ渡ったところで、咲太は重たい口を開いた。

「麻衣さん、さっきのってさ」

「たぶん、声が出なくなったのよ」

頭の中によぎった可能性を、麻衣はあっさり言葉にした。

「すぐに返事はこないと思うけど、のどかにメッセージ送ってみる」

道の端っこに寄って麻衣は立ち止まった。その隣に咲太も立ち尽くす。頭の中には、今聞いたばかりの麻衣の声が鳴り響いていた。

——たぶん、声が出なくなったのよ

歌を歌う卯月にとって、それが何を意味するのかを考えていた。

3

のどかから返事があったのは、一時間後くらい。

——今、病院

と、短い文面が麻衣のスマホに届いた。

なんでも、出番が終わってすぐに、卯月を病院に連れていくことになったらしい。

麻衣が「迎えに行くから」と場所を尋ねると、お台場からそう遠くない総合病院の名前が送

られてきた。

咲太と麻衣が病院に着いたのは午後八時半過ぎ。

がらがらだった病院の駐車場に車を入れて、麻衣がサイドブレーキを引く。シートベルトを外すと、ドアを開けて、咲太と麻衣は車から降りた。

「入口、あっちでいいのかしら？」

外来受付の時間はとうに過ぎている。救急搬送用の赤いランプがついた裏の入口だけが明るい。病院の人にダメだと言われたら、その人に別の入口を聞けばいいと思い、そっちに向かって歩き出す。

すると、向かう先から歩いてくる人影があった。ふたりいる。

ひとりはベンチコートを羽織った卯月だ。その下はまだステージ衣装のままで、メイクも落としていない。とりあえずアクセサリーの類だけ外して、急いで出てきたという感じ。

その卯月と一緒にいるのは、前に一度だけ会ったことのある卯月の母親だ。十代で卯月を生んだ母親は、今でもまだぎりぎり三十代で、大学生の娘がいるようには到底見えない。

ふたりとも、咲太と麻衣にすぐ気づいた。

「咲太君、久しぶり」

母親が気さくに声をかけてくる。「麻衣ちゃんも」と言って笑顔を見せた。それに、咲太と

麻衣は軽く会釈を返した。そのあとで、卯月に向き直ると、

「づっきー、大丈夫か？」

と、咲太はストレートに聞いた。

「……」

卯月は答えない。少し困ったように口元だけで笑う。

「ごめん。今、卯月、声出ないんだ」

変わらない口調で教えてくれたのは母親だ。

「……」

「……」

今度は咲太と麻衣が言葉を失った。

麻衣の見立て通り。

本当に声が出なくなってしまったらしい。

ここに来るまでの車の中で、そういう症状に陥る人を、何人か見たことがあると麻衣が話してくれた。過度なストレスや仕事のショックが原因で、一時的にしゃべろうと思っても、声が出なくなるのだとか……。他にも、耳が聴こえなくなったり、呂律が回らなくなったりする人を、麻衣は過去に見たことがあると言っていた。

その話を素直に信じられたのは、花楓が解離性障害で記憶をなくした経験が、咲太にはある

からだ。

人の気持ちと体は、思っている以上に密接に関係している。

「とにかく、今はゆっくり休むように言われてね。最近、忙しかったから」

まあ、麻衣ちゃんほどではないけど、と母親は冗談っぽく付け足した。

その間、卯月は何かを言いたくても言えない様子で、何度か口を開いては、諦めて閉じていた。

そんな卯月を咲太が見ていると、気づいた卯月と目が合う。卯月は曖昧に微笑んで、すぐに咲太から視線を逸らした。

「のどかちゃんたちなら、まだ中でマネージャーと話してるよ。明日のこともあるし」

そう、明日の日曜日もスイートバレットはライブが控えている。その相談をしているということだろうか。

母親が上着のポケットから車のキーを出した。

咲太の真後ろで、ロックを解除されたミニバンのライトがぴかっと光る。

「じゃあ、悪いけど、今日は卯月を連れて帰るね」

「はい、お大事に」

言えるのはこれくらいだ。

卯月は咲太に小さく手を振り、麻衣にはぺこっとお辞儀をしてから車の助手席に乗り込む。

その卯月がシートベルトをするのを確認してから、母親は咲太と麻衣に軽く手を上げて、車を発進させた。

卯月を乗せた車は、とても静かに病院の駐車場から出ていった。

電気が半分消えた薄暗い病院の廊下には、当然のように誰もいなかった。咲太と麻衣の足音だけがやけに響いて聞こえる。

しばらく通路を進んでいく。先の曲がり角に明かりが差し込んでいるのが見えた。

その角に近づくと、

「卯月のソロデビューの話、本当だったんですね？」

と、どこか冷めた声が聞こえてきた。今のはのどかだろうか。

麻衣が腕を掴んで、咲太を廊下の角で引き留める。

立ち止まって、声がした方を窺うと、電気がついた内科の外来受付前に、五人の人影が見えた。待合室にもなっている場所で、全員立ったまま話をしている。

先ほど会った卯月とお揃いのベンチコートを着ているのが、スイートバレットのメンバーだ。豊浜のどか、安濃八重、中郷蘭子、岡崎ほたるの四人。その視線を受け止める形で、正面にひとりの大人の女性がいる。

「のどかたちのマネージャーね」

それとなく麻衣が耳元で囁いてきた。

年齢は三十歳くらい。ジャケットをきちんと着て、眼鏡をかけた佇まいは、知的でクールに見える。今は「まいった」という感情が顔を覗かせていて、お堅い印象はなかった。

「どうなんですか？」

八重が追及の言葉を重ねる。

「いい加減、教えてくださいよ」

少し舌足らずな声で、背の低いほたるが続く。

「マネージャー」

ダメ押しに懇願したのは、大人っぽい外見の蘭子だ。

「……わかったわよ。チーフには止められてるけど……卯月にソロデビューの話があるのは本当」

観念した様子で、マネージャーがこぼした。

「それって、卒業ってこと？」

ほたるが真っ先に食いつく。「何を」卒業するのかを言わなかったのは、言わなくてもわかることだったし、言いたくないことでもあったからだと思う。

「……」

聞いた側も、聞かれた側も、まずは沈黙した。

きちんと計れば、五秒にも満たないわずかな時間だったのだろう。それでも、長く重たい沈黙だった。

「チーフはそう考えてるみたい」

「……っ」

マネージャーの肯定に、四人のメンバーは同時に唇を噛んだ。

「でも、卯月は一度断ってるのよ」

「……」

顔を上げたのどかたちの表情に疑問が宿る。決して、喜びはしなかった。

「なんで？」

そう聞いたのはのどかだ。

「私にはわからない」

「それ、いつの話ですか？」

八重が質問を続ける。

「あのＣＭを撮影した直後だから……たぶん、八月の終わり」

「そんなに……？」

蘭子は、「そんなに前」という意味で言ったのだろう。

「チーフも一度はソロデビューの件を引っ込めてたんだけど……あのＣＭの反響を見て、やっ

ぱり諦められなかったみたい。もっと卯月の魅力を知ってもらいたいって……実際、あのあと、卯月をプロデュースしたいって話も、すごいところから来ててね」

すごいところとは、音楽業界の大物プロデューサーとか、そういう話だろうか。

「それ、卯月には話したんですか？」

さらに八重が確認の言葉を投げかける。ひとつずつ、自分の中の情報と擦り合わせをしているように思えた。隣では、のどかも同じように話を聞きながら、考え込んでいる。

「卯月にはしてないわ。折を見てまた話すって、チーフは言ってたけど」

「じゃあ、なんで最近のづっきー、どっか変だったんだろう……」

ほたるが口にしたのは、問題の根幹に関わる素直な疑問だ。

「……」

スイートバレットのメンバーから答えは出てこない。

全員、感じていたのだ。気づいていた。卯月の変化に……。

その理由が、ソロデビューに関係していると、密かに思っていたのだろう。だが、今、マネージャーの話を聞いた限りでは、時期がずれているし、違うように思える。

だから、またわからなくなったのだ。手がかりがなくなってしまった。声が出なくなるほど、卯月は何を抱え込んでいるのだろうか。

「あなたたちはどうなの？」

逆にマネージャーがのどかたちに質問する。

「あの子が悩んでたこととか、心当たりないの？」

「……」

誰も何も言わない。今度も沈黙した。けれど、先ほどの沈黙とは意味が違っていた。メンバー同士の視線がわずかに絡む。それは、「あれかも」という目配せだった。

「あるみたいね」

「……」

それにも、のどかたちは無言を返した。

「言いたくないならそれでいいわ。あなたたちで解決するのね？」

マネージャーの確認に、八重が代表して頷く。

「とにかく、明日は予定通りの入り時間でいきます」

「はい」

四人の返事が綺麗に揃う。

「覚悟だけはしておいて」

それが、何の覚悟なのかは部外者の咲太にもわかった。

卯月の声が出ないのなら、つまり、そういうことだから……。

4

帰りの車の中は静かだった。行きよりもひとり増えているにもかかわらず、誰も口を開こうとしない。

ハンドルを握った麻衣は運転に集中していたし、助手席に座る咲太の後ろに乗ったのどかは、窓の外を流れる夜の街並みをぼんやり見ているだけだ。サイドミラーに、その物憂げな表情が映っていた。

しばらく一般道を走っていた車は用賀を過ぎると、第三京浜の入口をぐるっとカーブしながら上がっていく。ETCでゲートをパスして加速した。真下を流れる多摩川を一瞬で渡り終える頃には、麻衣が運転する車は時速八十キロの車列の一部になった。

一定の速度で、車は順調に進んでいる。

長すぎる沈黙に耐えかねた咲太は、ライブ前にコンビニで買ったペットボトルの炭酸ジュースのキャップを開けた。桃の炭酸ジュースだ。

ぐびっと一口。

「これ、美味いですね」

「……」

「……」

けれど、麻衣ものどかも反応してくれない。

気を遣って場を和ませようとしたのに、この仕打ちは酷い。

ひとりショックを受けていると、

「ライブの前、控え室で、聞かれたの」

と、後部座席から突然聞こえた。

感情は殺されて、後悔だけが残された声。いつもの快活なのどかの雰囲気はどこにもなかった。何もかもが違っていて、最初、のどかの声に聞こえなかったほどだ。

サイドミラーで様子を窺うと、左肩でドアに寄り掛かり、窓ガラスに頭を預けている。その目は先ほどから変わらず外の景色を見ているが、何を見ているのか、のどかはわかっていないだろう。

「卯月に聞かれたの」

「……」

麻衣は何も言わない。

「……」

それに倣って、咲太も黙っておいた。

静かに、のどかの言葉の続きを待つ。

「『私たち、武道館に行けると思う？』って」

「……」

「いつもなら、『行けるよ』、『行こうよ』って答えてた。答えてるつもりだった……」

聞こえているのは、車の走行音と小さなのどかの声だけ。

「決まってたライブが中止になって落ち込んだときも、仕事で失敗して自信をなくしてたときも、がんばって歌とダンスの練習してるのに、全然ファンが増えなくて、焦って、泣きそうだったときも、愛花と茉莉が卒業したときだって……メンバーの誰かが不安で圧し潰されそうなときは、合言葉みたいに、『みんなで武道館行こう』って励まし合ってた。ずっと、そのつもりだった……」

のどかの声が、わずかに湿り気を帯びていく。悲しいからではない。寂しいからでもない。もちろん、うれしいからでもない。悔しくて、不甲斐ないから……鼻の奥がつーんとしている。

「いつもは言えてたはずなのに、今日は言えなかった」

「……」

「あたしも、メンバーのみんなも、卯月に聞かれて、『行けるよ』、『行こうよ』って……言い出せなかった」

「……」

「そりゃあ、そうだよね。だって、いつも真っ先にそう言ってくれてたのは、卯月だったから。

不安になっても、みんなを引っ張ってくれてたのは、いつも卯月だった……」

それに乗っかるだけなら気も楽だ。誰かが言ったことだから。誰かが決めてくれたことだから……責任も軽く感じる。

「あたしも、メンバーのみんなもそんな卯月に勇気づけられてただけ。卯月が不安になってるのに、何もしてあげられなかった」

その点に関しては、必ずしものどかの言う通りではないと思う。ライブ中に声が出なくなった卯月のボーカルを、スイートバレットのメンバーは、全員で見事にフォローしていた。

突然のトラブルに見舞われながらも、ライブを中断することなく、最後まで歌い切ったのだ。そんなことは、のどかたちにしかできない。

異変に気づいたファンがいたのも事実。それでも、パフォーマンスを続けることで、不安を吹き飛ばそうとしていた。そして、それはある程度は上手くいった。あの状況で、最善の結果を残したと言っていいと思う。

それは、昨日今日の関係でやれる芸当ではない。最近は、一緒に活動する時間が減っているとのどかは話していたが、今日のライブでは、グループとしての底力を見事に発揮していた。それが伝わったからこそ、ライブは盛り上がったのだ。

だが、今、こんな話をのどかにしても意味はない。

「卯月は大丈夫なんだって、勝手に決めつけてた」

車は一定の速度で今も走り続けている。

相変わらず、麻衣は黙ったままだ。

助手席から咲太が横目で見ても、前を走る白のSUVとの距離を保って、車を走らせるだけ……。

その麻衣が運転する車は、いつの間にか川崎市を抜けて、横浜市に入っている。第三京浜から横浜新道に乗り継いでいた。

このまま戸塚の料金所まで行って、あとは国道1号線を進んでいけば、藤沢まで帰れることをナビが教えてくれている。

「明日はどうするの？」

さらにしばらく走ったところで、ようやく麻衣が口を開いた。いつもと変わらない口調。ハンドルを握る横顔も自然なままだ。

麻衣の声に反応したのどかは、ドアにもたれていた頭を離した。斜めになっていた体を真っ直ぐにして、心なしか背筋も伸びている。

恐らく、泣き言ばかりを言ったので、怒られると思ったのだろう。

麻衣は基本的にはいつもやさしいし、あまり口には出さないがのどかの活動も熱心に応援している。新曲が出ればスマホにDLしているし、CDもきちんと購入する。今日も行きの車内では、スイートバレットの曲が流れていた。

　だが、その反面、芸能活動に対する甘えにはかなり厳しい。そういう麻衣だからこそ、国民的知名度を誇る人気女優という地位に立ち続けているのだ。

　咲太も、それとなく助手席の窓側に寄った。以前、とばっちりで引っ叩かれたことがある。さすがに、車の運転中なので大丈夫だと思うが、本能的に体が動いてしまった。

　それに気づいた麻衣が、ちらっとだけ咲太を見た。

　でも、何も言ってこない。できれば、一言ほしかった。無言の方がこわい。

「明日は、卯月なしの四人でやると思う」

「いけそうなの？」

　麻衣が短い言葉で確認する。

「いくよ。当たり前じゃん」

　のどかの声には、まだ迷いが感じられた。不安も含まれている。実際、本当にいけるかどうかなんてわかっていない。わからないけれど、いきたい気持ちがのどかにそう言わせた。

「そう」

　麻衣の口元が少しうれしそうに笑う。

「これ以上、卯月を不安にさせてらんない。今度はあたしたちが引っ張ってく」

5

カーテンを開けると、山脈のように連なった雲の塊が、ゆっくりと西から東の方角へ流れていた。

それでいて、ところどころに青空が顔を出している。曇っているようにも見えるし、晴れているようにも見える……どっちつかずの空模様だ。

「今日のライブはどっちだろうな」

晴れるのか、曇るのか、それとも雨が降るのか、大雨にでもなるのか……。

昨日見た天気予報では、晴れのマークと雨のマークが並んだ、「晴れのち雨」という夏場のような不安定な天候が強調されていた。気象予報士の男性も、「晴れているなと思っても、突然雨になる可能性もありますので、傘は手放せない一日になると思います」と、落ち着いた口調で語っていた。

そんなはっきりしない空模様を、咲太は半分閉じた目で見ていた。

今にも閉じそうなのは、寝不足気味で眠いからだ。

昨日、バイトをして、麻衣と出かけて、ライブを観て、そこでハプニングがあって、病院にも寄って……帰宅時間が随分遅くなった。ただ、それでも午後十一時過ぎには家に着いたので、

それが直接の原因というわけではない。

帰ってから、卯月を心配する花楓の質問攻めにあったのが主な要因だ。「卯月さん、大丈夫なの？」、「明日のライブは？」、「のどかさん、何か言ってた？」と、風呂の外にまでついてきて、とにかく色々と聞かれた。

「なんで、花楓がづっきーのこと知ってるんだ？」

この日のライブに、花楓は行っていない。

「ネットのニュースになってるもん」

風呂から出た咲太に花楓が見せてくれたノートパソコンの画面には、ライブでの卯月の異変を伝える記事が表示されていた。

殆どが憶測によるもの。正確な情報とは言えない。それでも、大げさな見出しは興味を引き、不安を煽っている。適当にメンバーの不仲をでっち上げ、卯月の卒業が近いことを根拠もなく語り、目立とうとしている記事が多い。

今、卯月は注目を集めている分、こうした記事は閲覧されやすいのだろう。だから、たくさんの似たような記事がアップされる。それを生業にしている人たちがいるからだ。

「まあ、大丈夫だって」

「本当に？」

「だって、づっきーだぞ」

卯月にはのどかたちスイートバレットの仲間がついている。ファンがついている。いつも元気をもらっていたみんなが、今こそ卯月を支えるときなのだ。

だから、周囲の人間まで沈んでいたって仕方がない。

「うん、そうだよね」

その気持ちは花楓にも伝わったのか、「明日雨でも応援する！」と気合を入れ直していた。

もちろん、すべての不安がなくなったわけではないだろう。それでも、花楓は自分なりに納得して、部屋に戻っていった。

その花楓は、咲太があくびをしながらリビングに出ると、すでに出かける準備を終えていた。

時刻は午前九時を回り、一秒ずつ十時に近づいていく。

「もう出かけるのか？」

今日の野外ライブがはじまるのは午後一時。会場の八景島までは、ここからだと一時間とちょっとで着く。気合十分なのはわかるが、さすがにまだ出かけるには早い。

「横浜駅で待ち合わせして、こみちゃんとお昼ご飯食べるの」

そう告げてきた花楓は、玄関の方へと消える。

咲太はなすのと一緒に、見送りに行った。

「気をつけてな」

「うん、行ってきます」

玄関のドアを開けて、花楓が出かけていく。

その姿を見ながら、「立派に成長したもんだなぁ」と、咲太はしみじみ思うのだった。

花楓を送り出したあと、遅い朝食を取って、洗濯をして、部屋の掃除を済ませた咲太は、午前十一時半頃に、ようやく家を出た。

藤沢から八景島までの道のりは、大学に行くのとほぼ同じだ。金沢八景駅までは、完全に一致している。

別ルートを通った方が、恐らく十分ほど移動時間を短縮できるのだが、通学定期を使える区間は使った方がお得だ。

同じ通学区間の電車でも、日曜日だと客層も違っていた。電車内の雰囲気には「休日」が溢れている。特に、京急線に乗り換えてからは、家族連れやカップルがよく目につく。これから三崎口まで行くのだろうか。それとも、途中の横須賀中央駅で降りるのだろうか。もしくは、咲太と同じで八景島を目指しているのかもしれない。

電車が金沢八景駅に到着すると、結構な人数がホームに降りた。ここでも、小さな子供を連れた家族や若いカップルが多い。彼らは改札を出ると、そのままシーサイドラインの改札口に吸い込まれていく。

咲太もその中のひとりだ。

以前は、もう少し離れた場所にシーサイドラインの駅はあったのだが、移設工事によって乗り継ぎが楽にできるようになった。

シーサイドラインはその名が示す通りで、駅を出発すると海沿いの高架橋を走っていく。視線は高く、遠くまで海を見通すことができた。

その車窓は実に見事だ。ぼんやり眺めて、「海だなぁ」とか思っているうちに、電車は三つの駅に停車しながら、咲太の目的地である八景島駅に到着した。

江の島と名の付く駅が江の島にないように、八景島駅も八景島にあるわけではない。

改札を出て、駅の外に出ると、同じ電車に乗っていた人の流れが、海の方へと向かっていた。

その視線の先には、もう島が見えている。そこにかかる橋も見えた。

ここまで来ればあと少し。

家族連れやカップルが周囲を占める中、咲太はひとりで歩き続けた。今日、麻衣は仕事が入っているから仕方がない。昨日、休日にあれだけ長い時間一緒にいられたのが、珍しいくらいだ。

若干、周囲の視線は気になりながらも、咲太は無事に金沢八景大橋を渡って、人工島である八景島に上陸した。昨日のお台場に続いて、二日連続の埋め立て地だ。

ここは、島全体が水族館や遊園地、ショッピングモール、それからホテルやアリーナが併設された海をテーマにした複合型のレジャー施設になっている。

ＴＶなどでもよく紹介されているので知ってはいたが、こうして足を運ぶのは、はじめて。いつでも行ける距離に住んでいると、意外と行く機会がなかったりする。咲太にとってはそういう場所のひとつだった。

足を踏み入れてみると、島の中は結構広いことがわかる。

雰囲気は整備された公園のようでもあり、テーマパークのようでもあった。この時期はハロウィンの飾りつけもはじまり、その印象に拍車をかけている。その中を、ライブステージの看板を頼りに奥へと進んでいく。

巨大なジェットコースターのレーンを見上げながら歩いていると、建物の陰を通り抜けて、急に視界が開けた。

島の反対側に出たのだ。そこには、海に面した広場があって、多くの人が集まっていた。ライブステージが組まれ、すでに名前を知らないアーティストが演奏している。

男性四人組のロックバンド。

人気はあるようで、ステージ前に集まった女性ファンは彼らの演奏に熱狂していた。

どうやら、今日はアイドル限定のイベントではないらしい。

次に出てきたのは、神奈川県出身だというシンガーソングライターだ。ギターとハーモニカ、それとやさしい歌声で会場をあたたかく盛り上げていく。

集まっている観客も実に様々だ。

目的のアーティストがいて足を運んだファンもいれば、たまたま八景島に遊びに来て、やっていた音楽イベントをなんとなく見ているだけの人も大勢いる。

その差は、盛り上がりの熱量から、一目瞭然だ。

ファンはステージに一歩でも近づこうとしているのに対して、そうでない客は半分より後ろの方で、とりあえずという感じで手拍子をしている。さらには、ステージをもっと遠巻きに眺めている人たちもたくさんいた。

ぽつぽつと間を空けて立っている。「なにやってるんだろう」というくらいの様子見気分で、楽曲に耳を傾けていた。咲太もその中のひとりだった。

温度差こそあれ、会場には大勢の人が集まっている。ステージ前で積極的にライブに参加しているのが約二千人。昨日のライブと同じくらいだ。

そうでない客も、五、六百人はいるように思えた。

花楓も友達の鹿野琴美と一緒に来ているはずだが、見回して見つかる人数ではない。この環境で特定の誰かを見つけるのは不可能だ。

「ありがとう、八景島！」

その挨拶を最後に、三十代のシンガーソングライターは、手を振ってステージからはけていく。入れ替わりで、進行役と思われる若い女性が、マイクを持って舞台の脇に立った。

「次は、スイートバレットです！」

元気にそう紹介する。

曲のイントロが流れ出し、メンバーがステージ上に駆け出してきた。

サブリーダーで、最近はスポーツ系バラエティで体を張っている安濃八重。

ドラマの出演が増えている岡崎ほたる。この間は、麻衣とも共演していた。

その後ろから、グラビアで以前から活躍している中郷蘭子が続く。

四番目に出てきたのが、金髪をなびかせた豊浜のどかだ。

それで全部。

五人いるはずのスイートバレットなのに、五人目は出てこない。

ステージ前に集まったファンたちは、当然のように広川卯月の不在に気づいた。会場にファンたちの動揺が走る。不安がざわめきとなった。

それらを吹き飛ばすように、スイートバレットの四人は力強く歌い出した。

卯月の不在には触れず、いつも通りのパフォーマンスで、ファンたちに笑顔を届けていく。

激しくて、切れのあるダンス。

野外でも負けないボーカル。

四人で並ぶには少し広いステージでも、彼女たちは小さく見えなかった。

その迫力に、ファンたちも呼応する。掛け声を上げ、手を叩き、一緒になってジャンプする。

途中から雨がぽつぽつと降り出しても、誰も気にしない。むしろ、熱狂に油を注いでいる感じ

だ。

勢いそのままに、のどかたちは一曲目を全力で歌い切った。

髪は濡れ、首筋を光る雫が流れ落ちる。それは、雨のせいだけではない。

乱れた息を、四人が深呼吸して少し整えた。

会場は、誰に言われたわけでもないのに、静寂に包まれていた。

ひとり少ないスイートバレットのメンバーが何を語るのか、固唾を呑んで見守っている。

聞こえているのは弱い雨の音だけ。

「皆さん、こんにちはー！」

サブリーダーの八重が会場に呼び掛ける。

「私たちはー」

「スイートバレットです！」

いつもの挨拶は、ぴったり四人の声が重なった。

「てか、なんか私たち少なくない？」

幼い顔のほたるが、さらっと核心に触れる。

「え？　それ言っちゃう？」

のどかがそれに乗ると、

「づっきーのパート歌うの、きついんですけどぉ」

と、蘭子が堂々と愚痴をこぼした。

それに、ファンたちが笑い声を上げる。

「で、づっきー、どったの？」

またしても、ほたるが切り込む。

「今、会場和んだじゃん！　流そうよ！」

困った声でのどかが突っ込むと、また笑いが起きた。

「づっきーのパート、きついんですけどぉ」

自分の話はまだ終わってないという不満顔で、蘭子が唇を尖らせている。

「あたしもきついって！　ほら、八重、見てないで、仕事して！」

やってられないという感じで、のどかが八重に話を振る。

まさに息の合ったコンビネーションだ。ファンはこうした彼女たちのやり取りも楽しみで、ライブに足を運んでいる。

「大丈夫」

八重が会場に向かってそう声をかけた。

みんなの注目を一手に引き受けると、

「卯月は必ず帰ってくるから！」

と、力強く想いを投げかけた。

「だから、歌おう！」

それを合図に、二曲目が会場に鳴り響く。

ライブで盛り上がる定番の楽曲。

ファンのノリも確立されていて、ステージとの一体感がすごい。

咲太の側にいた「なんとなく見ている組」のカップルが、

「なんか、すごいな」

「うん……」

と言って、苦笑いをしている。アイドルとファンの熱量に、ちょっと引いていた。でも、彼らの足がステージから遠ざかることはない。視線は興味を持って、のどかたちに向けられている。気になっている。そういう観客は他にもたくさんいた。

Bメロからサビに入ると、さらにファンの熱は増した。それに比例して、雨足も強まっていく。そろそろ傘を差したくなる雨量だ。

見上げた空には、分厚い雨雲があった。少し先には青空も見えている。向こうは晴れているのだろうか。天気予報の通りで、雲の流れ次第の気まぐれな空模様だ。

数分先の天気もよくわからない。

ただ、この曲が終われば、あと一曲でスイートバレットの出番は終わる。持ち時間は、今日も三曲分だけだ。

そして、二曲目も、あとラストのサビだけになった。

このまま無事終わる。

そう思った矢先に、ばんっと大きな音が会場に響いた。

ステージを照らす照明が一斉に落ちる。

観客たちの驚きが大きな波となって咲太の方へ押し寄せてきた。

のどかたちも視線を上げて、消えた照明を気にした。

同時に、曲も止まっている。マイクものどかたちの声を拾わない。スピーカーは黙ったままだ。

誰もが言葉を失って、会場は静まり返った。

電気系統のトラブルだろうか。完全に、ライブ会場全体の電源が失われている。原因として真っ先に考えられるのはこの雨……。

こうなると、ステージ上の四人は、茫然と立ち尽くしかない。

にわかに会場がざわつきはじめる。

遅れて、舞台袖からスタッフジャンパーを着た男性が出てきた。その手に握られているのは拡声器だ。

「ただいま、原因を確認しておりますので、しばらくお待ちください」

ライブの一時中断だけを事務的に告げて、すぐにはけていく。

ステージ上のメンバーには、体を冷やさないようにベンチコートが配られた。それを仕方なくという感じで、のどかたちは受け取っている。

状況は最悪だ。

それは、ファンにとってもそうだし、のどかたちスイートバレットのメンバーにとってもそうだ。

卯月不在の今日のライブは、なにがなんでも成功させなければならない。

その強い想いで、ステージに上がったはず。

こんなトラブルに邪魔をされてはたまったものではない。

だからこそ、のどかたちはスタッフに促されても、ステージから下りようとしなかった。まだ続けたい。今すぐ続けたい。その気持ちが、ステージに彼女たちを留まらせている。

だが、そんな想いとは裏腹に、ライブの中断を受けて、一部の観客は離れていく。特に、後ろの方にいた、なんとなく見ていた人たちの脱落は顕著だ。

雨もまた強くなった。もう傘を差さないときつい。とりあえず、咲太はパーカーのフードを被って凌ぐことにした。

ステージ前に集まった観客も、雨を嫌って後ろの方から徐々に崩れはじめている。ひとり、ふたりと抜けると、人が塊となって去っていこうとする。再開の目処も立たない以上、どこかで雨宿りをしようとするのは自然だった。

そうした客たちの動きは、ステージ上からはもっとよく見えているだろう。

何もできない状況に、遠くからでものどかが唇を噛み締めているのがわかった。

ひとり、またひとりと、ステージ前から人がいなくなっていく。ただ、そのおかげで、咲太はまばらになった観客の中に、ある人物を見つけることができた。

今日、ここへ来たのはそのためだ。彼女を探しに咲太はやってきた。

隙間が出来た観客の中に、卯月はぽつんと立っていた。

キャップを被り、さらにその上からパーカーのフードを被っている。

真っ直ぐステージに向けられた眼差しは、この場所にいる誰よりも真剣で、心配そうにしていた。

卯月のことだから、来ていると思った。咲太でさえ、気になって今日のライブを観に来ているのだ。卯月が来ないわけがない。

咲太はゆっくり卯月に近づいて、その隣で立ち止まった。

「スイートバレットのライブには、よく来るんですか？」

わざとよそよそしく声をかける。

「……」

一度だけ、卯月は咲太を横目に捉えた。だけど、声が出ない卯月は、無言で視線をステージ上に戻してしまう。

「誰にも言わないから平気だって」

「……？」

「僕の前ではしゃべっても」

「……」

卯月の表情は変わらない。驚きもしなければ、困った様子も見せなかった。声が出ないのだと訴えかけてもこない。

それが真実だった。

「よくわかったね。私の嘘」

「嘘つきは嘘をつくのが上手いんだよ」

可能性を感じたのは、昨日病院で会ったとき。いくら何でも、卯月の態度が落ち着きすぎているると思った。感情がなさすぎると思った。それも、不自然に……。それは、何かを隠している人間の反応に見えたし、卯月が今の状況で隠すことなんてひとつしかない。

「お兄さんは、うそつきなんだ」

「きつつきの仲間か？」

「それは、きつつきに失礼だよ」

「きつつきは心が広いから大丈夫だろ」

「そうかな？」

気持ちを切り替えるように、卯月が少しだけ笑う。それで会話は途切れて、短い沈黙が咲太と卯月の間に落ちた。

そんな中、再び口を開いたのは卯月の方だ。

「昨日のライブでは、本当に声が出なくなったの」

言い訳するように、卯月が呟く。

「信じてくれないかもしれないけど……」

咲太を映した卯月の視線は自信がなさそうだ。

「信じるよ。昨日、観てたし」

あれが演技だったとは思えない。突然のトラブルだったと、咲太も感じている。

「後ろの方にいたでしょ」

「気づいてたのか？」

「ステージからだとよく見えるんだよね」

「じゃあ、豊浜たちも、こっちに気づいてるかもな」

咲太がステージを見ると、今ものどかたちはその場に留まっていた。

「……そうかもね」

同じようにステージを見上げた卯月が困った顔で笑う。

降り続ける雨は、そんな卯月のパーカーを湿らせていった。

「ライブはね、毎回来てるよ」

「……？」

「お兄さんの最初の質問」

「あぁ」

「スイートバレットの最初のライブからずっと。どんな小さなライブもかかしたことがない」

静かなトーンで卯月が語る。

「じゃあ、前もこんなトラブルがあったんですか？」

わざと他人行儀に戻って、咲太は卯月に話を合わせた。最初にこうやって話しかけたのは咲太の方なのだし。

「あったよ。こんな大きなステージじゃなかったけど、スピーカーが鳴らなくなってさぁ」

「そのときはどうしたんですか？」

「マイクなしで歌い出したの。センターの子が」

卯月の言葉とほぼ同時だった。

スイートバレットのメンバーが、次々にベンチコートを脱ぎ捨てていったのは……。

ここからだと遠くに思えるステージ上で、アイコンタクトを取った四人が、一斉に大きく息を吸い込む。そして、次の瞬間、四人は歌声を奏でた。

楽器の演奏はない。

スピーカーから流れる楽曲もない。

マイクも歌声を拾ってはくれないし、雨の音がうるさくなってきた。ぼたぼたと、服や地面に打ち付ける。

それでも、のどかたちは横一列に並んで、四人だけの小さな合唱を続けた。

咲太と卯月のいる場所まで、かろうじて聞こえてくる。

消えてしまいそうな歌声。

だけど、それによって、少しずつ会場の空気は変わりはじめた。

ステージの前の方で、誰かが手拍子をする。それは、一回、ぱんっと叩くごとに人数が増えていき、後ろの方まで徐々に伝染していく。

それに気づいて、離れていこうとしていた一部の観客の足が止まった。疑問が半分、興味が半分……そんな表情で、ステージ上の四人と、ファンたちの様子を見守っている。

当然、完璧なパフォーマンスには程遠い。のどかたちはダンスを諦めて、バラード調にアレンジした歌にだけ集中していたから……。

スイートバレットを応援する手拍子の輪は、咲太と卯月がいるすぐ手前まで来ていた。アイドルとか、ファンとか、そういう垣根を超えた一体感が生まれようとしている。

それでも、ステージから離れていく人の流れを完全に止めることはできない。半分近いお客さんがいなくなった。

今も、どんどん離れていっている。

咲太と卯月の後ろでも、

「結局、あの子は出ねぇのかよ」

「馬鹿らしい。帰ろうぜ」

と、ステージに背中を向けて去っていく人たちがいた。それは彼らだけではない。たまたまこの場に居合わせた客にとって、のどかたちの想いなどどうでもよいのだ。

ＣＭで話題になっている卯月が出てくるなら、観てみようかと思っていただけ。

だけど、出てこないから帰る。それだけの話だ。

「これが私たちの現実」

卯月の小さな声。でも、はっきりと音に出して咲太に投げかけてきた。

「今日まで必死にみんなでがんばってきたけど、一万人の手拍子には届かない」

残っているのは、六百人くらいだろうか。

「迫力は十分だけどな」

「うん。いいライブだよ」

その言葉には、ひとつの嘘も感じなかった。

「だったら、こんなところにいないで、行ってきたらどうだ？」

卯月はこうしてちゃんと声が出ている。声が出るなら歌えるはずだ。

「私には、その資格がない」

「スイートバレットのメンバーで、リーダーで、センターなのに？」

「私も、さっきの人と同じ」

さっきの人とは「馬鹿らしい」と言って帰っていった連中のことだろうか。肩越しに振り向いても、その背中すらもう見当たらなかった。

「私の中にもいるんだよ。叶わない夢を一生懸命追ってるのどかたちを、笑っている私が……いるの」

「……」

「それに気づいたら、同じステージになんて立てない」

嘆くでもなく、悲しむわけでもなく、卯月は淡々とその事実を語った。少しだけ切なそうにして、ステージをじっと見ていた。

たぶん、昨日のライブ前にも、今と同じように「私たち、武道館に行けると思う？」と、のどかたちに聞いたのだろう。現実を客観的に捉えた乾いた声音で……。

そんな風にしか話せない卯月の横顔は、寂しそうにすら見えた。

――私も、みんなに笑われてたんだ
あの日、卯月はその事実を知ってしまった。

それだけで済んでいれば、今こんなところから卯月がステージを見上げていることはなかっ

たと思う。

だけど、あのときに、もうひとつ気づいてしまったことがあった。

自分を笑っている人たちの気持ちも理解してしまった。

空気を読めるようになったから。

皮肉と嫌味を理解できるようになったから……。

本音と建前を上手に使い分けて、人を笑い者にする自分の気持ちに気づいてしまった。

でも、それがなんだというのだろう。

そんなのは人間にとって当たり前の感情のひとつ。

誰だって持っている。

誰だってやっている。

だから……。

「豊浜だってわかってんだよ。そんなことは」

「……？」

「自分が売れてないアイドルだってわかってる」

「……」

「そんな自分を笑ってるやつがいるのを、あいつは知ってるよ」

それでも、ステージに立って、のどかは声の限り歌っていた。

「たぶん、他のメンバーだってそうだ」

それでもなお、歌い続けている。

「今のままじゃ、武道館も無理だってわかってるよ」

「……っ⁉」

「現実なら、ちゃんと見えてる」

「……じゃあ、なんで？」

卯月の声が震える。

「それ、本気で聞いてるのか？」

「……」

「僕にだって想像できる簡単な話だよ」

卯月にわからないはずがない。のどかたちと同じ時間を過ごし、同じだけの努力をして、同じステージに立ち続けてきた。どんなにお客さんが入らなくても、素通りされても、今日まで一緒にがんばってきたのだから……。

むしろ、卯月だからわかるはずだ。誰よりも強く、その気持ちが……。

歌い続ける他のメンバーたちの想いは、世界で一番に卯月がよくわかっている。

「私……どうしたらいいんだろう」

曲は二番のサビに入っている。もう残りは少ない。

「今こそ空気を読めよ、づっきー」

咲太に言えるのはそんなことくらいだ。

顔を上げた卯月が咲太を見る。少し驚いた顔。でも、すぐに込み上げてきた涙を上着の袖で拭うと、ステージを真っ直ぐ見据えた。

その目は、咲太が知っている広川卯月の目だった。

卯月がパーカーのフードを脱ぐ。

外したキャップは咲太が受け取った。

帽子で隠れていた長い髪がはらりと落ちる。

二番のサビが、ついに終わった。

手拍子による短い間奏。のどかたちはハミングで音を繋いでいる。

そのあとに続くラスサビ前のCメロは、いつも卯月の独唱パートだ。

しかも、本来の楽曲でも、伴奏はピアノだけの静かな部分。

スイートバレットの曲を知り尽くしたファンたちは、いつも通りCメロの直前で手拍子をやめた。

歌声に集中するために。

静寂が辺りを包む。雨の泣き声が聞こえる。それを、卯月が息を吸い込む音が上回った。

直後、卯月の歌声が響き渡る。

会場の視線は一瞬にして、観客の中にいた卯月に集まった。

のどかたちもステージ上からこっちを見ている。卯月を見ていた。

卯月が一歩前に足を出す。もう一歩さらに進む。すると、ステージ前に集まっていた観客は、誰に言われたわけでもないのに左右に分かれ、卯月のためにステージまでの花道を作った。

その真ん中を、卯月はしっかりとした足取りで進んでいく。

歌いながら、奏でながら。

やがて、Cメロが終わるタイミングで、卯月はステージの下までたどり着いた。

「づっきー！」

のどかたち四人の声が重なる。

ファンたちもそれに呼応した。

「づっきー！」

「さあ、いくよ！」

八重の掛け声で、四人のメンバーが力を合わせて、卯月をステージの上に引っ張り上げる。

雲の隙間から光が差した。空から光の梯子が下りる。海を照らし、観客たちの頭上も照らし、そして、ステージの上にも……。

天然のスポットライトがステージを照らす。

軽いハウリングのあとで、スピーカーから音が流れた。電源が戻ったことを、一瞬で全員が

理解する。

卯月が予備のマイクを受け取ると、ステージの中央に五人は集まって、ラストのサビを一緒になって歌い上げた。

ファンからは歓声が飛ぶ。喝采が沸き起こる。

その真ん中で、卯月たちはわけもわからずに涙を流し……そして、笑っていた。

終章 Congratulations

空が高い。

どこまでも遠く澄んでいる。

青よりも白く、白よりも透明な空色。

そこには、ラグビーボールの形をした月が浮かんでいる。

なんだか作り物のようで、見上げていた咲太は、思わず笑ってしまった。

金沢八景駅から大学の入口まで続く線路沿いの道。

ばらばらと学生たちが歩いている。

雨と機材トラブルに見舞われた八景島での野外ライブの翌日。

昨日が日曜日であった以上、翌日の今日はどうしたって月曜日になる。当然のことながら、大学では平常通りの授業が行われるのだ。

昨日、色々と大変だったことなど、大学の日程には関係がない。

「ふぁ～」

あくびをしながら正門を通り抜ける。

少し前を歩く学生も、大きなあくびをしていた。

一限がはじまる前のこの時間だと、誰もが正門から奥へと流れている。まだ朝の九時前だ。

逆走して帰る学生などいるはずがない。

そう、いるはずがないのだが、咲太の目は銀杏の並木道を、こちらに向かって歩いてくる人

影を見つけた。

しかも、知っている人物。

卯月だ。

向こうも咲太に気づいてこちらに寄ってくる。

お互いに歩み寄って、並木道の途中で立ち止まった。グラウンドの真横。

「づっきー、もう帰るのか？」

まだ一限の授業すらはじまっていない。一体、何をしに大学に来たのだろうか。

「退学届はもう出したし。学生課に」

「……」

突然の報告に、咲太は一瞬言葉を失った。

「タイガクトドケ」が「退学届」に変換されるのに少し時間が必要だった。

「……また、急だな」

だが、この行動の速さは実に卯月らしい。それに、卯月がそうする理由には、心当たりがあった。

昨日、ライブの終わりに、卯月はスイートバレットのメンバーとファンたちを前にして、ふたつの宣言をした。

ひとつは、噂になっているソロデビューのオファーを受けるというもの。ただ、スイートバ

レットは卒業しない。両立するのだという。

もうひとつは、

「私がみんなを武道館に連れていく！」

というものだった。

「だから、ファンのみんなも、のどかも、八重も、蘭子も、ほたるも、私を武道館に連れていってね！」

と、独特の言い回しで、卯月は付け加えた。

それを聞いたスイートバレットのメンバーたちは、卯月を中心にして抱き合い、ファンは歓喜に沸いていた。

そのあとで、卯月が空気を読まずに、「じゃあ、アンコール！」と言い出したときには、さすがにのどかたちもぽかんとしていたが、空気を読むイベントスタッフがいたのか、楽曲が流れ出して、追加の一曲を五人で披露したのだ。

結果的に、ライブは大成功に終わった。

特に、機材トラブルのため、アカペラで披露することになった三曲目の注目度は高い。昨日のうちに動画サイトにその様子がアップされていて、卯月が登場するまでの流れに魅了される新規ファンを大量に生み出している。花楓など、帰ってから何度もそれを見返していた。

「大学に、未練はないのか？」

「お兄さん、前に聞いたよね？」

「ん？」

「統計科学学部を選んだ理由」

「ああ、聞いたな」

あれは、ふたりで三崎口まで行ったときだ。

「冥途の土産に教えてあげる」

「そこは、餞別代わりにしといてくれないか？」

まだ人生を終わるつもりはない。

「ちょっとはわかると思ったんだよね。ここに来れば」

「わかるって？」

「みんなってなんなのか」

「……」

卯月の言葉を無言で受け止めたのは、考えていることが咲太と同じだったから……。

「それがわかれば、のどかたちのことも、もっとわかると思ったんだ」

少し照れた卯月の反応。それが、本音だと物語っている。ずっと、空気を読めなくて、スイートバレットの中でも、卯月は浮いていた。そんな卯月を受け入れてくれる場所だった。でも、理解できるのなら、理解したかったのだと思う。のどかや、他のメンバーの気持ちを、もっと

ちゃんとわかりたかった……。自分の幸せは、「みんな」に決めてもらうのではなく、自分で決めるものだと知っていたのに……。メンバーたちが思う幸せだけは知りたくなってしまった。

もちろん、今以上に仲良くなるために。

その手段として、まずはみんなってなんなのかを卯月は学ぼうとした。「みんな」の中に、入り込もうとした。

それによって、「何か」になっている卯月を妬ましく思い、一般的な大学生の仲間に引き入れたかった「みんな」と、卯月の利害は一致したのだ。

結果、卯月はみんなと感覚を共有して、似たような服を着るようになった。同じ話題で盛り上がれるようになった。空気を読めるようになったのだ。

咲太なりの解釈としては、それが今回の思春期症候群の正体……。理央ならもう少し違う表現を使うかもしれないが、咲太の理解としてはこれで充分だった。向き合うべきは現象ではなくて、広川卯月というひとりの友人なのだから。

「たぶん、お兄さんもそんな理由だよね？」

「ん？」

「統計科学学部を選んだ理由」

わかっているくせにとぼけちゃって、と卯月が空気を読んで笑う。

「前も言った通りで、僕は受かる確率が高い学部を選んだだけだよ」

「だから、勉強の方は、お兄さんに任せた。わかったら、私にも教えてね」

「僕の話、聞いてたか？」

「今のはあえてのスルーだよ」

そう言ってひとしきり笑ったあとで、卯月が真顔に戻る。

「最後にもう一度、お兄さんと話せてよかった」

「ウイットに富んだトークは楽しいしな」

「そう、それ」

そこで卯月がちらっとスマホを気にした。時間を見たのだと思う。

「このあと、仕事か？」

「うん、もう行かないと」

言いながら、卯月が手を差し出してくる。

「なあ、づっきー」

そう呼び掛けながら、咲太は卯月の手を握った。

別れの握手。

「……？」

卯月は微笑んで続きの言葉を待っている。

用意していた言葉なんて何もない。卯月が退学するのを、今さっき知ったのだから。それで

も、気持ちはひとつの形になって自然と咲太の口を動かした。

「卒業、おめでとう」

大学が社会に出るまでの準備期間なのだとしたら、卯月にとって今日を門出と呼んでもいいはずだ。

みんなより少し早いけれど、卯月の決めた道なのだから。

咲太の言葉に、卯月は最初きょとんとしていた。でも、すぐに、くすぐったそうに、それでいてうれしそうに笑った。

ぎゅっと強く手を握り返してくる。もう一度、にっこり笑うと、「じゃあ、行くね」と言って卯月は正門の方へと駆け出した。

門の方から流れてくる学生たちが、走る卯月に気づく。彼らは今日もイマドキの学生らしい似たような洋服を着て、髪型をして、女子はメイクをして、リュックを背負って、バッグを持って、同じような話題を話して、スマホを見て、イヤホンで流行りの音楽を聴いている。卯月が退学届を出しても、なんら変わることはない。彼らの日常がここにはある。

そうした学生たちの視線や意識に、卯月は気づいていた。

気づいたけれど、気にして立ち止まったりはしなかった。

速度を緩めることなく、卯月が正門を駆け抜ける。

一歩、二歩、三歩と大学から出たところで、卯月は何かを思い出したように、急ブレーキを

かけた。

その勢いのまま、咲太の方を振り向いた。

「お兄さん、ばいばーい！」

飛び跳ねながら、「ばいばーい！　ばいばーい！」と、大きく両手で手を振ってくる。

そこにいたのは、空気を読めない卯月だった。

でも、元に戻ったわけではない。ずっと空気を読めなかった昔の卯月とは違う。

空気を読めるようになって、周囲が自分を笑っていたことを卯月は知っている。自分の中にも、他人を笑い者にする感情があることを卯月は知っている。

だけど、そうした感情に、卯月がその場で気づくことはもうない。

今も、横を通り過ぎる学生たちの目が自分を笑っていても気づかない。「イタイやつ」とか、「朝からうるせえ」とか、心の中の嘲笑にも気づかない。

一生懸命手を振って、咲太の反応を楽しみに待っているだけだ。

だから、咲太は卯月に大きく手を振り返した。

近くを通る学生たちの視線は冷ややかだったけれど、気にはならなかった。

最後に卯月が、「ばいばい！」と言って、満足そうに微笑んだから。その笑顔の方が、ずっと価値がある。

卯月が駅の方へ向けて再び走り出す。

迷いのないその姿が見えなくなるまで咲太は見送った。見えなくなっても、少しだけその場から動けなかった。時間にして三秒程度。

四秒を数える前に、横から女性の声が聞こえた。

「あーあ、もったいない。せっかく、空気を読めるようにしてあげたのに」

いつの間にか、咲太の隣には二十歳くらいの女性が立っていた。

赤い服を着ている。ただの赤い服ではない。サンタクロースの格好だ。それも、黒いタイツをはいたミニスカサンタ。

「……」

目をぱちくりさせながら咲太が見ていると、その視線に彼女が気づいた。何かを確かめるように、咲太の周りをぐるりと一周する。その様子を、咲太は目で追った。

「驚いた。わたしのこと見えてるんだ」

わざとらしく、口元に手を当てている。

かわいい顔で、かわい子ぶっている。

時計台の針は、午前八時四十五分を差している。一限の授業がはじまる五分前。並木道を本校舎へ向かう学生たちが足早に通り過ぎていた。

ざっと数えて五、六十人はいるだろうか。それなのに、誰もサンタクロースに興味を示さな

い。ミニスカサンタなのに、素通りしていく。見て見ぬふりをしているという感じではなかった。

彼らには、彼女が見えていないのだ。

「さすがね、梓川君は」

「……どちら様でしたっけ？」

今のところ、サンタクロースの知り合いはいない。

「安心して。会うのははじめてだから」

「不安しかないです」

向こうは咲太のことを知っているようだし、彼女は咲太にしか見えていないのだから……。安心できる要素がどこにもない。

「わたしのこと、知ってるはずよ」

「記憶にございません」

「そう？」

ミニスカサンタが意地の悪い笑みを浮かべる。

「わたしはね、霧島透子って言うの」

それは、確かに咲太の知っている名前だった。

あとがき

大学生編、はじめました。

ＴＶアニメ化、劇場版と続き、『青ブタ』は本当に多くの方々に支えられ、すくすくと立派にここまで育ってきました。お力添えをいただいた関係者の皆様には、深く感謝しております。

本書の執筆に際しては、担当編集の黒川様、由田様、黒崎様に大変お世話になりました。

今回もまた、最後までお付き合いいただきました読者の皆様方にも、厚く御礼申し上げます。

次回はあの子がヒロインです。お楽しみに。

鴨志田 一

◉鴨志田 一著作リスト

「神無き世界の英雄伝」(電撃文庫)
「神無き世界の英雄伝②」(同)
「神無き世界の英雄伝③」(同)
「Kaguya ～月のウサギの銀の箱舟～」(同)
「Kaguya2 ～月のウサギの銀の箱舟～」(同)
「Kaguya3 ～月のウサギの銀の箱舟～」(同)
「Kaguya4 ～月のウサギの銀の箱舟～」(同)
「Kaguya5 ～月のウサギの銀の箱舟～」(同)
「さくら荘のペットな彼女」(同)
「さくら荘のペットな彼女2」(同)
「さくら荘のペットな彼女3」(同)
「さくら荘のペットな彼女4」(同)
「さくら荘のペットな彼女5」(同)
「さくら荘のペットな彼女5.5」(同)
「さくら荘のペットな彼女6」(同)

「さくら荘のペットな彼女7」(同)
「さくら荘のペットな彼女7.5」(同)
「さくら荘のペットな彼女8」(同)
「さくら荘のペットな彼女9」(同)
「さくら荘のペットな彼女10」(同)
「さくら荘のペットな彼女10.5」(同)
「青春ブタ野郎はバニーガール先輩の夢を見ない」(同)
「青春ブタ野郎はプチデビル後輩の夢を見ない」(同)
「青春ブタ野郎はロジカルウィッチの夢を見ない」(同)
「青春ブタ野郎はシスコンアイドルの夢を見ない」(同)
「青春ブタ野郎はおるすばん妹の夢を見ない」(同)
「青春ブタ野郎はゆめみる少女の夢を見ない」(同)
「青春ブタ野郎はハツコイ少女の夢を見ない」(同)
「青春ブタ野郎はおでかけシスターの夢を見ない」(同)
「青春ブタ野郎はランドセルガールの夢を見ない」(同)
「青春ブタ野郎は迷えるシンガーの夢を見ない」(同)
「【ドラマCD付き特装版】青春ブタ野郎は迷えるシンガーの夢を見ない
青春ブタ野郎はパウダースノーの夢を見ない」(同)

本書に対するご意見、ご感想をお寄せください。

ファンレターあて先
〒102-8177　東京都千代田区富士見2-13-3
電撃文庫編集部
「鴨志田 一先生」係
「溝口ケージ先生」係

初出

第一章　思春期は終わらない　「電撃文庫MAGAZINE 2019年11月号」(2019年10月)

第二章、第三章、第四章、終章　書き下ろし

文庫収録にあたり、加筆、訂正しています。

電撃文庫

青春ブタ野郎は迷えるシンガーの夢を見ない

鴨志田 一

2020年2月7日　初版発行
2024年9月30日　16版発行

発行者　山下直久
発行　株式会社KADOKAWA
〒102-8177　東京都千代田区富士見2-13-3
0570-002-301（ナビダイヤル）
装丁者　荻窪裕司（META＋MANIERA）
印刷　株式会社KADOKAWA
製本　株式会社KADOKAWA

ISBN978-4-04-912850-5　C0193　Printed in Japan

電撃文庫　https://dengekibunko.jp/

電撃文庫創刊に際して

文庫は、我が国にとどまらず、世界の書籍の流れのなかで〝小さな巨人〟としての地位を築いてきた。古今東西の名著を、廉価で手に入りやすい形で提供してきたからこそ、人は文庫を自分の師として、また青春の想い出として、語りついできたのである。

その源を、文化的にはドイツのレクラム文庫に求めるにせよ、規模の上でイギリスのペンギンブックスに求めるにせよ、いま文庫は知識人の層の多様化に従って、ますますその意義を大きくしていると言ってよい。

文庫出版の意味するものは、激動の現代のみならず将来にわたって、大きくなることはあっても、小さくなることはないだろう。

「電撃文庫」は、そのように多様化した対象に応え、歴史に耐えうる作品を収録するのはもちろん、新しい世紀を迎えるにあたって、既成の枠をこえる新鮮で強烈なアイ・オープナーたりたい。

その特異さ故に、この存在は、かつて文庫がはじめて出版世界に登場したときと、同じ戸惑いを読書人に与えるかもしれない。

しかし、〈Changing Times,Changing Publishing〉時代は変わって、出版も変わる。時を重ねるなかで、精神の糧として、心の一隅を占めるものとして、次なる文化の担い手の若者たちに確かな評価を得られると信じて、ここに「電撃文庫」を出版する。

1993年6月10日
角川歴彦

電撃文庫DIGEST　2月の新刊

発売日2020年2月7日

★第26回電撃小説大賞《大賞》受賞作!

声優ラジオのウラオモテ
#01 夕陽とやすみは隠しきれない?

【著】二月 公　【イラスト】さばみぞれ

第26回電撃小説大賞2年ぶりの《大賞》受賞! ギャル&陰キャの放課後は、超清純派のアイドル声優!? 電撃文庫が満を持してお届けする、青春声優エンタテインメント、NOW ON AIR!!

創約 とある魔術の禁書目録(インデックス)

【著】鎌池和馬　【イラスト】はいむらきよたか

科学と魔術が混在する世界。ここは科学サイド最高峰の学園都市、時はクリスマス。相変わらず補習に勤しむ上条当麻の前に、イヴの空気に呑み込まれた御坂美琴が現れて——!?

青春ブタ野郎は迷えるシンガーの夢を見ない

【著】鴨志田 一　【イラスト】溝口ケージ

忘れられない高校生活も終わり、咲太たちは大学生に。新しくも穏やかな日々を過ごしていたはずが、卯月の様子がなんだかおかしい……?　彼らの思春期はまだ終わらない。ちょっと不思議な青春物語、待望の第10弾。

七つの魔剣が支配するV

【著】宇野朴人　【イラスト】ミユキルリア

勉強と鍛錬を重ね己を高め、頼れる先達としての一面も見せ始めるナナオたち。一方で、次の仇討ちの標的をエンリコに定めたオリバーは、同志たちと戦いの段取りを詰めていく。必殺を期す彼らが戦場に選んだ場所とは——。

幼なじみが絶対に負けないラブコメ3

【著】二丸修一　【イラスト】しぐれうい

沖縄でPV撮影ってマジ!?　女子たちの水着姿を見るチャンス到来か……!　ヤバい、ハンパじゃないラブコメの波動を感じるぜ……!　って、何か白草の雰囲気が尋常じゃないんだが……。本当に水着回だよな!?

賢勇者シコルスキ・ジーライフの大いなる探求 痛(ツー)
～愛弟子サヨナと今回はこのくらいで勘弁しといたるわ～

【著】有象利路　【イラスト】かれい

「私にも妻と子がいるんで勘弁してください」「その言い訳2度目やぞ。前回が妻分で、今回が子の分。もう次はないわけや。コレ以上は、ワイは原稿修正しませんぜ!」こんな打ち合わせの末に生まれた第2巻!

モンスター娘ハンター2
～すべてのモン娘はぼくの嫁!～

【著】折口良乃　【イラスト】W18

世界平和のため、自分の欲求のため、モン娘大好き王子ユクの旅は続く——今回は竜神娘にクモ女、果ては超巨大なゴーレム娘まで!?　モンスター娘への溢れる愛がどこまでも広がる、モン娘ハーレムファンタジー!

シノゴノ言わずに私に甘えていればいーの!②

【著】旭 蓑雄　【イラスト】なたーしゃ

相変わらず勤労への執着が止まらない社畜リーマン拓務は、どうにかして甘やかそうとする堕落の悪魔・シノさんと攻防を繰り広げていた。そんなある日、アパートに引っ越してきたお隣さんとの浮気を疑われることに!?

新作

魔法も奇跡もない、この退屈な世界で

【著】渡風 夕　【イラスト】rioka

改造人間と、生来の超常者が跋扈する23世紀の日本。孤高の犯罪者「殺人王」が、ある目的の為に政府と共闘する際に派遣されて来たのは、冷凍睡眠から目ざめたばかりの、"殺人を許せない"21世紀人ヒナコだった。

第26回電撃小説大賞受賞作続々刊行!!

電撃文庫より好評発売中!!

《大賞》

声優ラジオのウラオモテ
#01 夕陽とやすみは隠しきれない？

著／二月 公　イラスト／さばみぞれ

「夕陽と～」「やすみの！」

「「コーコーセーラジオ～！」」

　偶然にも同じ高校に通う仲良し声優コンビがお届けする、ほんわかラジオ番組がスタート！

　でもその素顔は、相性最悪なギャル×陰キャで!?

　前途多難な声優ラジオ、どこまで続く!?

電撃文庫より3月10日発売予定

《金賞》

豚のレバーは加熱しろ

著／逆井卓馬　イラスト／遠坂あさぎ

　異世界に転生したら、ただの豚だった！

　そんな俺をお世話するのは、人の心を読めるという心優しい少女ジェス。これは俺たちのブヒブヒな大冒険……のはずだったんだが、なあジェス、なんでお前、命を狙われているんだ？

《銀賞》

こわれたせかいのむこうがわ
～少女たちのディストピア生存術～

著／陸道烈夏　イラスト／カーミン@よどみない

　知ろう、この世界の真実を。行こう。この世界の“むこうがわ”へ――。

　天涯孤独の少女・フウと、彼女が出会った不思議な少女・カザクラ。独裁国家・チオウの裏側を知った二人は、国からの《脱出》を決意する。

電撃文庫より4月10日発売予定

《銀賞》

灼華繚亂（仮）

著／小林湖底　イラスト／ろるあ

　「世界の破壊」、それが人と妖魔に虐げられた少女かがりの願い。最強の聖仙の力を宿す彩紀は少女の願いに呼応して、千年の眠りから目を覚ます。世界にはびこる悪鬼を、悲劇を蹴散らす超痛快バトルファンタジー、ここに開幕！

《選考委員奨励賞》

グラフィティ探偵（仮）
――ブリストルのゴースト

著／池田明季哉　イラスト／みれあ

　――グラフィティ、それは儚い絵の魔法。

　ブリストルに留学中のヨシはバイト先の店頭に落書きを発見する。普段は気怠げだけど絵には詳しい同僚のブーディシアと犯人を捜索していく中、グラフィティを巡る騒動に巻き込まれることに……


第26回電撃小説大賞受賞作特設サイト公開中　http://dengekitaisho.jp/special/26/

大学生になった麻衣と咲太たちの、
新しい日々――。

青春ブタ野郎は迷えるシンガーの夢を見ない

鴨志田 一

イラスト●溝口ケージ